呼喚你的靈魂

上

作者 月亮熊
插畫 若月凜

目錄

第一章　第一次的重逢

少年奔跑著。

追趕在他身後的並非尖銳的叫囂，也不是憤怒的嘶吼，而是令人窒息的冰冷殺意。

「呼……啊……」

汗珠從少年蒼白的臉頰滑落，他不是逃向最近的城鎮，而是逃入盤根錯節的森林中，這樣更安全，因為就連城裡的士兵也可能是敵人。

他能信任的對象只剩下一個。

他的雙腿已經顫抖發麻，逐漸失去力氣。

想活下去。

為了能夠活下去，就算跑斷腿也得前進——

不是不能死，只是希望自己死得其所——以「瀑風」艾恒大魔法師之名，自己

才不要就這樣死於普通士兵的手裡。

「應該是在這裡……」

他嬌小的身軀穿梭在巨木間向上攀爬，粗糙凸起的枝幹宛如陡梯，樹冠則高聳入雲，少年喘著粗氣四處察看，對著其中一棵巨木揮出手，那棵樹立刻不自然地晃動起來，像是有人在底下用力搖動。

「咻——」

忽然，一枝箭劃破空氣朝他射來。他警覺地轉頭重重喊了幾個音節，身邊立刻吹過一道微風。箭在半空中一抖，偏離了方向，擦過他的耳際。

只見三個穿著輕裝的弓箭手在巨木後方穿梭，與少年保持距離，各據一方拉滿弓對準少年，他們的表情不像是看著罪犯，更像是在對付一頭怪物，害怕又警戒。

少年輕輕吸著氣，感受匯聚在指尖流動的空氣，緩緩盤旋至空中。

還不能死。

還不是時候。

其中一人再次射出箭，少年大聲喊出風的魂名。

下個瞬間，狂風如瀑布般從樹頂驟然落下，箭也被捲開，少年的白色毛斗篷被風用力掀起，露出底下的純黑色緊身衣，他敏捷地蹲低身子，一枝箭正好從他的頭頂飛過。

他冒出冷汗，口中再次吐出風的魂名，每喊一次，周圍就會湧來旋風，將他的身體托起，讓他踏著巨木灰白色的枝幹前行。

他盡可能在強大的風壓中保持平衡，同時讓自己隱身在茂密的枝葉間。

「可惡……那混帳到底聽見了沒？」

少年咬牙瞪大雙眼，在忽高忽低的視野中努力認清方向，細枝劃破了他的衣服與肌膚，身體的每一處都在刺痛，但總比被後頭緊追不捨的追兵擊中好多了。

他緊抱一株灰樹，乾啞地繼續呼喚風之名，將其中一個暴露位置的追兵吹向空中。

他趕緊別過頭，不去看那人落地的畫面。

「嘖……」

原本只想逃走就好。

一抹罪惡感從少年心底竄起，但是他一路從首都逃到這個邊疆之地，已經好幾天不敢闔眼，竟然還甩不掉追擊，想到這點就讓他筋疲力竭。少年壓下那股罪惡感，乘著風讓自己安全落地，試圖引誘出剩下的敵人。

兩枝箭從不同方向射來，少年站在山坡上，再度喚來強風吹開箭，他不再留手，確認箭射來的方向後，讓風如洪水般襲去，這次的程度更加猛烈，甚至連樹木都因此歪斜傾倒，讓那些弓箭手無法躲在樹後。

整片樹林彷彿隨著風聲叫囂起來，驚人的暴風夾雜著樹葉猛烈落下，狀態持續了好幾分鐘，等少年用盡力氣，只能癱坐在地上的時候，暴風才隨之消散。看著眼前一片狼藉的樹林，以及好幾棵橫倒的巨樹，他很肯定追兵暫時是過不來了。

不過有道聲音卻從少年的背後傳來。

「哎呀——森林竟然被你搞成一團糟了。」

少年轉頭看清來人後，竟放鬆地發出一聲嘆息，隨後口氣十分堅定地喊出來人的名字，「亞爾曼！」

「你是誰？能呼喚風的傢伙不多，會被追殺成這樣的人更是少之又少。」被喚作亞爾曼的成熟男子走近少年。他的五官深邃，金髮隨意紮成長辮，穿著與樹林顏色相仿的綠色長袍，瞳孔閃耀著陽光般的金色。

「我是——」或許是力氣耗盡，少年痛苦地跪在地上喘息，半晌說不出話來。

「呃、該死……我是來找你救……嗚！」

「過度消耗魔力了？」亞爾曼不疾不徐地蹲下來打量少年，仔細一看，少年的五官精緻，髮色如初生的嫩葉般碧綠，肌膚略顯蒼白，看起來約莫二十歲。

「喂！醒醒！」他輕拍少年臉頰，發現一點反應也沒有，少年已經陷入昏迷了。

亞爾曼確信自己沒見過這個少年。

如果見過這麼漂亮的男孩，肯定會在心中留下印象，甚至想辦法拐上床。他左看右看，斷定自己並不認識少年，那麼問題來了，為何這個陌生少年能直闖森林深處，還刻意用風吹動自己設置為「門鈴」的魔法樹，將自己呼喚過來呢？

「我應該沒有將暗號透露給學徒以外的人啊……」亞爾曼困惑地張開指頭細數，「除了老友黑水、麝香酒，還有……還有誰？哎呀，記性都變差了……」

亞爾曼思索許久，最後決定放棄猜測，輕輕喊了道咒語，便輕鬆將少年癱軟的身體抱起，像是抱著嬰兒一樣容易。

接著，他轉身朝其中一株巨木低語，巨木應聲扭動，粗大的樹幹從中裂開成兩半，露出一道向下的灰色石階，底下連接著一條幽暗的隧道。

他緩緩踏入，沒走多久，隧道盡頭出現光亮，這裡顯然還在山中，卻不再是灰暗的巨木森林，而是霧氣環繞的河谷，一片翠綠的草原中央佇立一座偌大的木屋，依傍飄落著白色花瓣的流蘇樹而建。

亞爾曼晃著金色長髮，再度低聲開口，木屋的主門應聲自動打開，讓他得以毫無阻礙地抱著少年進入。木屋內明亮寬廣，四處種滿盆栽與隨意生長的藤蔓植物，到處散落的書與實驗玻璃瓶似乎從未好好待在櫃子上，以最浪費空間的方式擺放。

「嘿咻、我看就這裡……」亞爾曼單腳舉起，踢開沙發上堆滿的雜物與書籍，這才有空位得以安置少年。

自己則隨意坐在其中一疊書堆上，伸手輕輕整理少年的瀏海，同時打量他略顯蒼白的瓜子臉，長長的睫毛、豐潤帶著光澤的嘴唇，沉睡的少年散發出無瑕又純真的氣息，跟剛才說話時的感覺判若兩人。

突然，亞爾曼回過神來，發現自己光是對著少年的臉就看得出神。

不好不好，喜歡盯著美少年的個性總是改不掉。

亞爾曼輕輕甩頭，趕緊讓自己回到正事上——他應該先檢查少年的身體才對。

亞爾曼的手往下挪移，解開少年的斗篷，露出底下的黑色緊身衣，有好幾處被樹枝劃破了，白皙的肌膚上有著無數傷痕，他的指尖忍不住微微施力，感受那精瘦的胸膛隨著呼吸起伏。

得先治療才行。

他將手伸向少年的腹部，拉開緊身衣露出纖細的腰，一股溫暖的能量從他的掌心傳至少年體內，世界安靜下來，只剩下亞爾曼體內流動的魔力、口中喊出的咒語，以及少年身體內共鳴的震盪。

肌膚上的傷痕一個接著一個痊癒。

亞爾曼收回手，緊盯少年恢復紅潤的臉龐。

「嗚……」躺在沙發上的綠髮少年悠悠轉醒，不自覺地吐出呻吟。

亞爾曼伸手輕觸他的臉頰，幸好，體溫正逐漸恢復溫暖。

「放心，你沒事了。」

「我……發生……什麼事？」

「我把你的傷口治好，也稍微調整了你的肉體狀態——畢竟你耗盡魔力才會昏厥。」亞爾曼努力讓自己保持沉靜的音調，「現在，我們可以好好談談了嗎？」

「什麼？」少年坐起身子，垂著頭撥開瀏海，像是在努力撐起自己沉重的腦袋。

「你為什麼會闖進我的森林，還曉得呼喚我的暗號？」亞爾曼一邊沉聲說著，一邊刻意挨近眼前的人，並伸出修長的手指扣住他的下顎。「如果你沒辦法給個讓人滿意的解釋，我可要不客氣了。」

「你……難道是大魔法師亞爾曼．昂傑先生？」少年似乎還十分茫然，眼神中少了幾分凌厲，也少了先前那種對亞爾曼毫不客氣的態度。

更準確地說，他現在看起來就像是懦弱不安的無辜羔羊，讓亞爾曼有些困惑。

「呃？我是。」

「……我是『瀑風』艾恒的兒子，伊拉。」

一聽見這個熟悉的名字，亞爾曼頓時變了臉色，身體也明顯僵硬起來。

「艾恒的兒子？」

「是的……他沒和您提過？」

「我們好幾年沒見了，只靠信件聯繫。」亞爾曼瞪大雙眼，不自覺激動起來，

「不，但你說兒子，你看起來約莫二十——」

「如、如果您能先放開我的話……」少年看著那還扣著自己下顎的手，以及身上被褪去大半的衣物，表情羞澀地環抱著自己的身子，「請讓我先……把衣服穿好……」

「呃、啊啊當然！」一想起先前的失禮念頭，亞爾曼像是被電到似的鬆開了手，

整個人也往後彈開，與伊拉隔開一段距離。

「哎呀抱歉，真是失禮了！我我我只是在想艾恒他從來沒有提過孩子的事，你跟艾恒長得並不像，年紀又這麼大了——」

「父親他是個……嫌麻煩的人。」伊拉尷尬地撇起嘴角。

「啊哈哈！這點我從來不懷疑。何況你剛才用了他的風魔法，我應該要想到的……話說回來，艾恒已經幾歲來著……」亞爾曼苦惱地以掌心拍著額頭，像是要掩飾剛才的慌張，忽然滔滔不絕地說起話來。

「真是的，那傢伙也未免太見外了吧？以前我們可是穿同一件褲子的同窗好友喔！我明明告訴他隨時能過來的，可是那傢伙老是嫌我住得太遠，話說回來，到底是什麼事情讓他只派了你過來？」

少年垂下眼簾，「父親沒有派我過來，他只是……在不久前病死了。」

亞爾曼驚訝地張著嘴，一個字也吐不出來。

接下來的事讓亞爾曼更加震驚，只見伊拉將手移至胸膛，指著自己的心臟，對著亞爾曼勾起一抹苦澀的微笑。

「然後現在……他在我『這裡』。」

◆◆◆

『亞爾曼，起來。』

嚴格來說，亞爾曼並不是因為那聲呼喚而驚醒，是因為艾恒直接朝他踢來一腳。亞爾曼痛苦地起身，發現自己身處樹林中，營火剛被弄熄，不過太陽已經高高昇起，他們也不需要火了。

年僅十四歲的亞爾曼掀起衣袖，只見身體到處都是傷痕與髒汙，他皺起眉頭，心疼自己一身白皙柔嫩的肌膚就這麼被野地生活給摧毀了。

這全都得怪老師出的課題——

『我們是標記師。』老師總是這麼對他們說。『將萬物標記上「魂名」，並得到控制其意志與行動的能力。這就是我們的魔法。』

標記師、標記者、神選的發言人、大魔法師。

這個世界對於這類具有天賦的人，有各種不同的稱呼，但不管怎樣，標記師都是極為稀少的存在。雖說喊出魂名就能控制萬物，但真正能成功控制的人寥寥無幾，大多數的標記師擅長的領域也各自不同。

從簡單的草木與小生物，到龐大又複雜的生物，他們的工作就是將其一一標記，並且將這些魂名不斷記錄、傳承。

『我醒了，我醒了。』亞爾曼慢吞吞地打理自己，艾恒卻像陣風似的，已經抓起行李、收拾好早餐並且又繞回來踢了亞爾曼一腳。

『太慢了！』艾恒頂著一頭雜亂的灰色短髮，幾乎蓋住他的褐色大眼。

『拜託你別踢了。為什麼我們非得一起行動不可？』亞爾曼疲憊地聳聳肩膀，然後對著樹叢上的露珠輕喊其魂名，露珠立刻憑空飄起，凝結成大片水球往亞爾曼臉上抹去，讓他好好地洗了個臉。

『反正到了城鎮，我們就能分道揚鑣了。』艾恒走在前頭輕哼。

『「標記還沒發現過的魂名」，老師是這麼說的吧！你應該是去荒野挖掘新的元素或生物，而不是去城市。那裡全都是已經有魂名的東西啦？』亞爾曼打著哈欠跟上。

『你不用……管我！』艾恒吃力地揹著偌大的行囊，喘著氣說。

『你想幹嘛？說來聽聽嘛，我不會抄你的畢業作業的。』亞爾曼快步跟上，卻沒有要幫忙艾恒分擔行李重量的意思。他不否認自己是故意的，畢竟這樣他才能勉強跟上艾恒的腳步。

『亞爾曼．昂傑，你就算想抄也抄不來的。』艾恒譏諷地勾起嘴角，『聽好了，我要做的才不是標記事物的魂名那麼簡單的事，我要標記的對象是人。』

『標記人幹嘛？』亞爾曼看著艾恒的眼神，突然打了個冷顫。

『哈，課題什麼的管他去死，我學魔法才不是為了跟小花小草互動。』艾恒冷笑著，聲音藏著一絲狡黠。『我想嘗試的魔法只有一種，就是把別人的靈魂——變成我的。』

◆◆◆

「……真沒想到，那種人竟然會有孩子。」

亞爾曼停止回憶，坐在伊拉對面泡著熱茶，各色花瓣與草藥在陶壺中舒展開來，他沏出一壺香氣四溢的微光水，倒了一杯遞給眼前的美少年。

「喝吧，這能讓你過度勞累的身體舒服點。」亞爾曼溫和地笑著。

「亞爾曼先生的家……果然有很多藥草。」伊拉捧著熱茶端詳，像是在研究他用的材料。

「標記師通常都會自己栽種藥草，可以讓身體感知魔力或是不讓發音受阻。」亞爾曼也倒了一杯給自己，將亮晶晶的熱茶緩緩吞入喉中。

「伊拉，你也是正式的標記師嗎？」

伊拉先是望著亞爾曼發楞，才驚覺那是一句提問，趕緊回答：「我、我不是，嚴格要說的話還只是學徒。我所學會的魔法，都是從父親記錄下來的卷軸裡學到的，最簡單的……」

「艾恒是怎麼死的，又怎麼會在你體內？」

「就是生病了，然後……」伊拉說到一半，忽然欲言又止，露出十分苦惱的模樣。

「至於怎麼會在我體內，抱歉，我……知道的只有這樣……其他的細節，我也無法解釋……」少年越說越將身子縮緊，連一句完整的話都很難說完，畏畏縮縮的模樣跟初次見面的感覺簡直判若兩人。

亞爾曼嘆了口氣，只能壓抑內心的焦急換個話題：「那麼，那些人是誰？」

「什麼？」

「追著你的那三個人。是強盜，還是艾恒的仇家？」

伊拉眼神一沉。「我不想造成亞爾曼先生的困擾……只是既然都來了，我想……起碼得向你交代父親的事……總之我……不會久留，請您……讓我待一晚就好……」

眼前的少年理應沒有理由說謊，但他為什麼表現得像是有所隱瞞，甚至不像自願來到這裡？

亞爾曼扶著額頭，感覺伊拉的說法只是讓疑點變得更多，甚至連艾恒的死訊聽起來都更顯得虛假。這個念頭令他感到不快，但仍保持理性地做出決定。

不管怎樣，這孩子看起來確實需要幫助，反正只要伊拉還在，他遲早會問出真相。

「好吧，我不過問，但只有一晚是不夠的。雖然我的住處夠隱密，不過這裡位置偏僻，如果被人盯上也不容易脫身，你如果真的想安全離開，最好多待幾天讓我替你安排。」

「真的可以嗎？」

「當然！既然你是我老友的孩子，我沒有理由不好好招待你吧。」亞爾曼刻意笑得燦爛。

聽到這裡，伊拉並沒有鬆了一口氣，而是謹慎地觀察亞爾曼的臉色。

「你、你是不是跟父親感情很好？我經常聽說你的事……父親說……你是他唯一的朋友。」

「喔，真是受寵若驚。是他在你身體裡說的嗎？」

伊拉垂下頭，沒有說話。

亞爾曼這才斂起笑意，起身整理自己的衣袍。

「雖然把客人丟在家裡不太禮貌，但我得出門一趟。」他優雅地甩著金髮，彎下雙眼說道：「我得去巡查一下森林的狀況，馬上回來。」

「那個……」

「怎麼了？」

「通常我會替父親煮好飯，等他回來……」

「那他的日子過得還真好啊。」

伊拉似乎還是心事重重的模樣，不過他的神態比剛見面時積極許多。「先生需要任何幫忙嗎？我不想無償住下來……所以不論是打掃或煮飯，我都能做……」

「艾恒都讓你替他做這些事情？」亞爾曼詢問，但一聽見這句話，伊拉的臉上突然增添幾分苦澀，於是亞爾曼垂下眼簾，知道自己試探得太過頭了。

「唉……也行啊，等我回來，我們就一起煮吧。」亞爾曼試圖讓自己保持溫暖的語氣，讓伊拉的臉上重新浮現一抹淡淡的微笑。

然而轉身離開屋子後，亞爾曼卻是一臉嚴肅。

他並不怕把伊拉一個人留在房子，那裡除了藥草與生活用品以外，沒有任何值得盜取或破壞的珍貴物品。但是不趕緊找藉口離開，他很可能就錯失機會了。

亞爾曼快步走出祕道，回到那片高聳的巨木林，寂靜瀰漫於四周，他伸手撥開長髮，仔細巡視地面，沒多久便從陽光反射的光芒找到一根箭矢，他撿起來審視，心情卻在揭開謎團的同時越加沉重，陷入另一團泥沼之中。

這根箭矢的品質極佳，而且羽尾的紅白雙色是士兵特有的記號。

通常能夠正式畢業、獲得認可的標記師，都會前往首都由王室舉辦簡單的認證儀式，而王室也會依據標記師的特色給予專屬的稱謂。因此，大多數的標記師都與王室交好，至少不會無緣無故冒犯彼此。

然而那三名弓箭手，竟不是附近的強盜或獵人，而是皇家士兵，大老遠追來這個離首都幾百公里外的邊疆之地？這種事情怎麼想都很不對勁。

亞爾曼一手緩緩轉動箭矢，一手摸著下顎沉思。

伊拉肯定說謊了，但是哪一部分說謊？是他與艾恒之間的關係？艾恒的死因？還是他的真實身分？畢竟沒有人會把自己的孩子作為轉移靈魂的「容器」。就算有，那也不可能是作為「兒子」看待了。

還是說……自己對艾恒，其實沒有自以為的那麼了解嗎？

他不自覺用力地握緊箭矢。

亞爾曼帶著順手摘的香料回到木屋，進門就看見伊拉溫順地端坐在沙發上等待亞爾曼，那過於拘謹禮貌的態度讓亞爾曼感到有趣，在他的印象中，艾恒是個從不在乎禮數的人，怎麼反而有這麼乖巧溫和的孩子？

「這些是……？」伊拉好奇地打量著他手上的東西。

「白魚鬚、星塵、梅果，用這些香料烹煮羊肉會特別軟嫩。以前有見過嗎？」

伊拉緊張地縮起肩膀，好像亞爾曼是在對他進行考試似的，「沒有……父親住的地方土地貧瘠，連他自己栽種的植物也不多。」

「我想也是，他很討厭栽種藥草。那你平常都煮些什麼？」

「馬鈴薯……」伊拉欲言又止。

「就這樣？」

「對，我……我會做各種不同的馬鈴薯料理……」

「啊哈？挺厲害的啊。那傢伙挑食得很，不，與其說挑食，不如說食物對他來說只是填飽肚子的工具，不需要多餘的調味。」

聞言，伊拉淺淺地笑了。看來他也認同亞爾曼的話。

「總之先幫我把果肉挖出來吧，麻煩了。」

「好的。」伊拉彷彿習慣收到明確的指令，瞬間鬆了口氣，沉默地動作起來。

整頓飯煮下來，亞爾曼不時偷偷觀察少年，發現他不太愛講話，甚至刻意讓自己像個毫無存在感的人，加上他有著首都人特有的柔弱體態與五官，彷彿天生帶著一股憂鬱之氣，讓人忍不住萌生憐愛他的慾望。

不只是想要觸碰而已，而是渴望擁入懷中，試圖將其填滿的——那般存在。

不妙，這孩子從容貌到氣質都完美符合自己的喜好啊。

亞爾曼在心中忍不住哀怨起來，如果是用更普通的方式與伊拉相遇就好了。這簡直就像野兔自己從草叢中跳出來，他卻不能將其捕獲一樣可惜——忍住、忍住。

「請問……這樣可以嗎？」

「喔、喔，沒問題。」亞爾曼這才驚覺自己又出神了，趕緊伸手接過果肉，發現少年不但動作俐落地完成，果肉也完美與殼分離。

「如果還有哪裡沒做好……」

「我覺得很好啊，伊拉，你應該對自己的巧手更有自信，嗯？」

伊拉頓時睜大雙眼、痛苦地吸著氣，好像被亞爾曼的話語狠狠刺傷一樣。

亞爾曼訝異他未免反應過度了。

下一刻，伊拉停下手中的動作，帶著困惑與驚訝的表情看向亞爾曼。

「啊！」

「啊？」亞爾曼被他突如其來的叫聲嚇了一跳。

「亞爾曼？我——喂、我怎麼在弄這個？這是什麼啊！」

不等亞爾曼反應過來，少年嫌惡地甩了甩手，接著又表情猙獰地衝到門邊，警戒地向外查看。

「那些混帳士兵呢？」少年的聲音異常冰冷，甚至帶著不明所以的怒火。

這下子，亞爾曼終於確定了。

「艾恒……？」亞爾曼錯愕地開口。

少年轉過頭來，看著他沉默不語。

「不對，你不可能是艾恒，就算你學得再像……」亞爾曼心底湧上各種複雜的情緒，那眼神太過熟悉，不可能是伊拉模仿得來的表情，以至於他的聲音急促起來，帶著渴望得知真相的急切。

短暫的沉默過後，少年淡然開口：「我當然是艾恒．布格斯。」

「不、可是……好，假設你真的是艾恒，那就解釋一下士兵為什麼會來追殺你？你真的佔據了這個孩子的身體？你在想什麼，這可是禁術……」

少年聽完發出一聲嗤笑，扭曲了美麗的五官。「講得好像你就沒有研究過似的，我的老友？」

少年慵懶地靠在椅子上，語調毫無起伏地介紹自己，「艾恒．布格斯在泥煤鎮出生，天生身體不好，因為家中太窮想把我賣掉，正好被看上了魔法天賦而成為學徒，跟著『鳥舞』愛斯特學習，最終成為標記師並被授名『瀑風』。」說完這段話，他看著一臉鬱悶的亞爾曼。「還想確認什麼？」

「只有這些記憶嗎？」

「要再聽細節？好，我和你在當學徒時，半夜會在藥草田裡……」

「停。等等，別說出來。」亞爾曼羞愧地用一手遮起臉、一手舉起示意眼前的人別再說下去。

少年咧嘴一笑，展現與伊拉截然不同的豪爽。「呵，光是能標記風就是最明顯的證據了，哪還需要證明什麼？全國上下能夠標記風的人只有我。」

「我知道，我只是不敢相信你真的做了——」

「我只是成功了。」伊拉——不，艾恒露出複雜的微笑，混雜了得意與無奈。

「還記得嗎？老師『鳥舞』愛斯特在我們十四歲時開的畢業課題，我那時就告訴過你了。」

「我以為你已經放棄。」

「我是放棄過。不過，你應該也認識了吧？我的養子，伊拉。」

「果然不是結婚生子……」

「廢話，我哪有這種無聊興趣啊！其實我的家鄉還有販賣奴隸的習慣，但是在王室正式宣布廢棄奴隸制度後，就只能用養子的名義收留了。我偶然遇到伊拉，感覺他有魔法天分便隨手買了下來，結果作為標記師不算優秀，作為靈魂容器倒是不錯。」

「容器？」亞爾曼蹙眉。

「這只是單純敘述事實。」艾恒笑著噴出一口長氣。「別誤會，我對這孩子很好，完全視如己出。我只是——沒有打算跟其他人介紹伊拉的存在。」

亞爾曼嚥著唾沫，莫名地有一股火從心裡冒出來。

「艾恒，你自己說出口時，都不覺得矛盾嗎？」

「為什麼會矛盾？我有病呀，亞爾曼。活不久的那種，你不是早就知道了？」

聽見這句話，亞爾曼忽然湧上無數回憶，但是他強硬地將腦中的畫面壓下，只剩一股久違的怒意刺激著自己。

「所以你找了個奴隸，將他好好養大，好讓自己能夠佔據他的身體。」亞爾曼咬著牙，努力不讓自己的聲音過於尖銳。「你不但真的執行禁術，還惹到了王室，因為他們察覺了？」

艾恒冰冷地笑著。「他們大概是想處決我吧。所以我無法留在這裡，甚至這個

國家。」

「你等於是把皇家士兵引來我這裡。」亞爾曼氣惱地瞪著他。「我必須收回對伊拉的保證，這裡很快就不會安全了。惹毛王室完全是不同等級的麻煩。」

「我該說抱歉嗎？」他挑眉。

「不必，道歉也來不及了。」亞爾曼冷聲說道。

「好啦，別說得你跟王室感情很好似的。這十幾年來你一直居無定所，不就是不想跟王室的人扯上關係？若不是情況緊急，我也不想直接來找你。」

他們安靜地看著彼此好一陣子。

那依然是伊拉的面孔，不過散發出來的氣質完全不同，那些細微的動作和習慣，與亞爾曼所認識的艾恒如出一轍。就算亞爾曼心中仍有一絲疑慮，感性上卻已經被眼前的人說服。

亞爾曼扶著臉嘆息，他知道一旦相信這件事，自己會作何決定。

每當艾恒需要幫助，他都只有一種回答——「我要怎麼幫你？」

隔天早上，伊拉不記得自己是何時失去意識，又是為何躺在舒適的長椅上，他是被藥草茶的香氣喚醒。嗅著那股清新高雅的特殊香氣，像是檸檬混著野菊，卻多了更細緻的花香，伊拉的身體還因疲憊而微微酸疼，意識倒是先醒了。

坐在餐桌前的俊秀男人起身向伊拉走近，他的金色長髮在陽光下閃耀著，臉上的表情溫暖和藹，金色眼眸散發出來的柔意讓伊拉不自覺放鬆下來。

「伊拉？」高大的男人歪著頭，不太肯定地問。

「是。亞爾曼先生……早安。」

男人點點頭，語氣溫和，「現在，你要叫我老師了。」

「什麼？為什麼？」伊拉一愣。

「因為你有個混帳父親。總之，你得跟著我，學習標記師的基礎課程。放心，我很會教人，起碼保證比艾恒會。」

亞爾曼輕輕拍著他的頭，揚起一抹溫暖的笑容。「從現在起，你就是我的學徒了。明白嗎？」

「等等，到底為什麼……」伊拉驚訝地整個人坐起來。

只見亞爾曼的眼神似笑非笑，讓人懷疑他接下來說的話有幾分認真。

「為了讓你們順利逃亡啊——」

第二章　破裂的邊界

說是逃亡，也不是馬上就得動身。

關於這點，亞爾曼認為自己算得上是經驗豐富，於是他和伊拉在家裡避風頭幾天後才出門。

瓏里——安瑞王國的邊境城鎮——只有一條通往大城市的要道，既不會直往首都，又處在王室鞭長莫及的位置，自成一個安逸悠哉的環境，這也是亞爾曼當初看上這裡的原因。

他隱居在森林外圍，這片群山間的青翠谷地離城鎮並不遠，方便隨時到鎮上辦事。首都處處可見明亮的石磚房屋，瓏里則以低矮的木屋為主，圍繞著中央的圓形廣場向外搭建，他來到鎮上最熱鬧的市街，現在是早市營業的時間，醃肉、花香、蔬果與食物的氣味全都混在一起，亞爾曼手持長杖，穿梭於人群之中，卻沒有一個人認得出他。

只見他套著普通的亞麻長袍，外表也不再是年輕英俊的模樣，而是一個容貌蒼老的男人，他仔細觀察周圍的人以及在市場巡邏的守衛，確認沒有比往常增加的守備，也沒有針對魔法師的嚴謹審查，讓亞爾曼稍微安心了些。

雖然改變外型對亞爾曼來說並非難事，若是要隱姓埋名，肯定沒有人能找得到他。不過「百花迦藍」這個名號太過響亮，適當地露出真身反而方便。當初他就是這樣，才能在瓏里順利待下來。

他走向一間外頭種滿花草的房子，跟其他木屋比起來特別容易辨識。在他推門而入的瞬間，恢復成金髮金眸的俊秀模樣。

店裡的老闆抬頭見是亞爾曼，便露出燦爛的笑容。「哎呀，魔法師大人！今天需要什麼？」

「臨時想買些材料，希望別過問原因。我需要龍晶花的種子。」

「龍晶花？給學徒用的？還是用來搗碎的？」

「給學徒用的。麻煩你了。」

「這會讓鎮上其他孩子傷心的。」

亞爾曼苦笑起來，伸手撥順凌亂的金色瀏海。「唉，都說別過問了——」

「學徒！什麼學徒啊？」櫃檯後的木門突然被推開，走出一名臭著臉大聲嚷嚷的雀斑女孩。「說是學徒，最後都只是變成床伴吧？你這飢不擇食的傢伙，還真有臉一直來鎮上！」

「納塔，人家可是大魔法師……」

「納塔，好久不見。」亞爾曼笑著瞇起雙眼。

「好久？我上星期的清晨才看見你從弗蘭克家離開！」女孩抱胸冷笑。

「啊、那次其實是……呃嗯，哈哈……」他開口想要解釋，視線卻不自覺地往天花板上飄，笑容也僵在臉上，明顯心虛的反應讓女孩更加憤怒。

「討厭，瓏里有你這種魔法師真是敗壞風氣，拿著你的東西滾蛋！」女孩憤怒的臉龐紅得像顆番茄，她用力將一包龍晶花的種子砸到亞爾曼臉上，然後擦去自己臉上的泥土，頭也不回地跑進屋內。

「對不起呀……我會好好說說那孩子……」

亞爾曼不疾不徐地打開那包種子確認，並以手秤了秤重量。「是高級貨呢。」

「她說的是事實，沒什麼好氣的。請替我謝謝納塔，每次都承蒙你們照顧了。」

「別這麼說，身為瓏里唯一的藥草鋪，能為大人服務才是我們的榮幸。」老闆面帶歉意地說著，不過馬上又話鋒一轉，壓低聲量說道：「倒是納塔……我那女兒其實能力很好，而且也成年了……希望您能認真考慮收她為徒的事。」

「對不起，我只收男孩。」

「咳、大人喜歡什麼，我們俗人是管不著的，只是——」

亞爾曼表面上保持微笑，心底卻忍不住感嘆起來。

明明知曉他的風流韻事，卻還是把自己女兒送上來，亞爾曼實在不願當面拆穿男人的意圖。

「抱歉吶，我也是會挑的。」於是他故意這麼說，眼前的男人果然受到侮辱似的皺起了臉，卻又不敢表現出憤怒。那反應讓亞爾曼滿意極了，真希望男人可以好好記住此刻的心情。

他輕輕轉身離開，又變成了沒人認得的陌生模樣。

「如果士兵盯上我，應該會先從鎮上的學徒開始問話……」

亞爾曼喃喃自語，他來到弗蘭克的家門外，腳步卻停下來，遲遲沒能前進。

他很清楚自己走進去後會發生什麼事，以往他肯定不會介意，甚至也不怕鄰居聽見他們的聲音，他可是大魔法師，注定受人敬重的存在，沒有人會對他的喜好與性癖說三道四。

亞爾曼的雙腳卻轉向森林的方向走去。

不知怎麼地，他腦中想著的竟是伊拉的臉、伊拉的語氣、伊拉的……那種眼神與口氣。不，不是伊拉，是艾恒。

沉重的思緒壓在頭頂，讓這片豔陽高照的藍天都顯得死氣沉沉。

——不管出自於什麼理由，他很清楚自己今天沒有爬上別人床鋪的興致。

◆◆◆

「伊拉，標記師的基礎是什麼？」

「以魂喚身，以魂喚名。標記師是施術者，是靈魂的代言人……是魔法師般的存在。」

「是的。簡單來說，萬物被標記了魂名後，就能夠被魔法師操控與利用。然而不同規模的存在，標記時也有難度的分別。」

亞爾曼與伊拉一起待在屋外的花園，他們蹲坐在一盆泥土前，裡頭有著剛種下的龍晶花種子。亞爾曼一手按在花盆上，低聲唸了幾個音節，種子立刻發芽成長，衝破泥土表面，變成一朵綻開的藍色小花。他轉頭看向伊拉專注的側臉。

「花開了……」伊拉低聲道。

「花草、種子是最容易操控的。只要集中精神，腦中自然會浮現出它們的魂名，如果感受不到，也能透過前人留下的名冊找出魂名。不過，就算知曉魂名，也只有具備魔法天賦的人才能操縱。換你試試。」

伊拉點點頭，並沒有太驚訝的反應。

看來他並不是對這些事情一無所知，亞爾曼這麼想著。果然，伊拉伸手覆在土上，緩慢地深呼吸，凝神盯著花盆，口中喃喃自語著相同的音節，沒多久，另一株龍晶花也隨之盛開。

亞爾曼對這結果陷入沉思。

「老師……這結果可以嗎？」伊拉緊張地問。

「你還操縱過什麼？」

「咦？沒有。除了藥草……就我印象中沒有其他的。」

「什麼都沒有？」

「一開始，父親說過要教我魔法，所以我標記了自己的魂名，也標記了一些常用的物品，但是沒多久後……他卻突然說不教了。」伊拉的眼神恍惚起來，像是在努力搜索自己的記憶。

「抱歉，我實在難以啟齒……身為大魔法師的養子卻不會魔法，簡直連學徒都不如……這種事真的……」

「伊拉！」亞爾曼突然握住他的手，聲音也有些慌張。

「呃？」他嚇得身子一震。

「抱歉，我問了多餘的問題。你的老師是我，只要想著這點就行了，不管從艾恒那裡學到什麼，你都當作沒有發生過，好嗎？」亞爾曼湊近伊拉的臉，像是鼓勵般摸著他的頭。

「那我接下來……要怎麼做？」伊拉垂下頭，似乎並沒有因為亞爾曼的話感到安慰。

看著那楚楚可憐的模樣，亞爾曼反而笑出聲來。

「嗯——先來幫藥草園除草吧。」

「除草？不用練習魔法嗎？」

「你已經夠有天分了。」亞爾曼突然稱讚道。「我本來以為你會花上一個星期，才能讓龍晶花順利綻放。看來不必教基礎了，你要做的是其他更重要的課題。」

「什麼……我要做什麼？」伊拉睜大雙眼，吃驚的表情顯得有些可愛。

「為了能接收到世間萬物的魂名，你必須讓自己的思緒時常保持開放。伊拉，你的問題不在於有沒有天賦，而是你沒有感受生活，並理解你身旁發生的一切。」

「那是……什麼意思？」

「我會教你認識這裡的每個東西，不只是表面上的認識，從花草、森林、火與水，一切的一切，甚至是我。」

亞爾曼再次牽起伊拉的手，並將他的手貼在自己的臉頰上，讓伊拉透過手感受到男人的體溫、細緻的肌膚觸感以及微微的脈膊。

「老、老老老老師……？」伊拉紅著臉發出哀號。

「總之呢，先去除草，再去準備午餐，接著到森林安全的地方繞一圈。還有，晚上記得好好洗個澡。」

亞爾曼的聲音聽起來並不像在開玩笑，也不像是刻意的撩撥，但那對曖昧的眼眸讓伊拉看得快暈過去了。

「因為有些課程呢——是晚上才能進行的。」

當晚，伊拉照著亞爾曼的指示進入澡盆，他將衣服脫得精光，只在腰間繫上一條毛巾遮蔽。他不安地縮起身子，亞爾曼則束起金髮，穿著單薄的襯衣與長褲，比起平常的長袍，更能展現他高䠷精實的身材，氣質也俐落得多。

雖然在亞爾曼面前光著身子讓伊拉很緊張，但是他更在意的是浴室。只見放在中間的木製浴盆已經裝滿熱水，浴室內熱氣蒸騰，水面飄著大量的淡藍色花瓣，牆上的精油蠟燭燃燒出淡淡的木香，與花瓣的濃郁氣味結合在一起。

「老師，這是……？」

「沒事沒事，像這樣的儀式以後還會進行很多次，你得試著習慣。先泡進去看看吧，水溫已經確認了，沒有問題。」

「什麼樣的儀式？」伊拉困惑又尷尬地回頭。

「單純的放鬆儀式。」亞爾曼面露無害的燦爛笑容，然而他沒說的是，每次要拐人上床時，他也很擅長用這招。

「這樣有……用嗎？」伊拉面露困惑地泡進水中，經過勞動而緊繃的肌肉終於獲得緩解，讓他不禁放鬆下來。不過，也只是舒服而已，跟平常泡澡的感覺沒有什麼不同。

「好了，接下來——」

亞爾曼悄悄打量少年的雪白雙肩，照理說，現在的他應該要離開浴室，因為真正的儀式在沐浴後才開始。但是看著伊拉的髮梢被水氣沾濕，雙頰泛起誘人的桃紅，手臂纖瘦卻又鮮明地浮起肌肉線條，那種介於成人與孩童之間的半成熟感，讓亞爾曼的眼神產生了變化。

冷靜點，伊拉是艾恒的兒子，我接下來要做的事可不是把他吃乾抹淨。

亞爾曼無奈地牽起嘴角，努力壓下體內不斷湧現的衝動。

「老師。」伊拉忽然回眸，在霧氣下，那對瞳孔水靈靈地勾著他。「你不用出去嗎？」

亞爾曼眨了眨眼，暗自吞了口唾沫。

對啊，自己是該出去。

「還沒，我得確定你足夠放鬆了。」然而他卻彎起嘴角，伸手貼上少年的肩膀，用指腹輕輕按著伊拉還帶著幾分僵硬的肌肉。

「你知道為什麼儀式前要沐浴嗎？」

「因為老師的興趣？」伊拉微微喘著，心跳也逐漸加快。

「……在進入自己的精神面以前，必須有所準備，把身體造成的影響盡可能壓到最低。沐浴指的不只是肉體上的清潔，也包含過濾思想中的雜質，將多餘的負面思緒排除。」

「不是……唔……」伊拉的肩膀顫抖了一下，露出不知所措的表情。「這要怎麼……老師，你這是普通的按摩吧？」

「別緊張，可以加強你肉體的感受性，這種魔法可是我的強項。」他的氣息吹在伊拉的後頸上。

「老師的魔法不是與美貌有關嗎？」伊拉張大眼。

「艾恒那樣跟你說？」

「唔、他沒說，只是……你的稱號是百花迦藍……」

「哈哈，那樣講是有點簡略了。我的魔法主要是掌控肉體。我可以在短時間內改變人的外貌或是肉體衰老的程度……之類的。美貌當然也能辦到，不過那並不是我的能力本質，但大家只看見這點。」男人聳聳肩。

「這樣啊……」伊拉點點頭，任由亞爾曼揉捏他的肩頸，感覺比先前更加放鬆。那副放下戒心的純真臉孔，讓男人再次動搖。

他緩慢地深呼吸，趁伊拉的精神與肉體都最放鬆之際，趕緊集中精神，口中輕輕喊出飽含魔力的詞彙。然而一段時間過去，伊拉除了肌膚更加通紅之外，神情沒有任何變化。

「老師，那個……我可以起來了嗎？」

「怎麼了？」亞爾曼從專注的精神中拉回注意力。

「好像有點……暈了……香味也讓我很難……呼吸……」伊拉慢吞吞地說著，將自己半張小臉緩緩泡進水中。

「咦？抱歉，是該讓你去臥室了。」亞爾曼這才回過神來，看著已經燒掉一大截的蠟燭。

「臥室？」伊拉驚慌地紅著臉，差點在水中嗆到。「不是要進行儀式嗎？」

亞爾曼不容拒絕地拿起浴巾遞給伊拉，臉上的表情卻顯得若有所思。

伊拉換上舒適的短袖上衣與短褲，隨著亞爾曼進入臥室，房間比伊拉想像的還要簡潔，僅有看起來舒適柔軟的大床、實木衣櫃、妝點房間用的幾株植物，以及賞心悅目的亞麻色圓形編織地毯，除此之外沒有多餘的擺設，就連亞爾曼也很少在使用這個地方似的。

斜斜的天花板屋頂開了一扇窗，夜晚的涼風從窗外吹入，讓伊拉清醒許多，享受起微風涼爽的吹拂。

「時間抓得剛好。好了，請你坐好。」

「床上？」伊拉下意識地問。

亞爾曼沉默了三秒。「不，是地毯。」

「呃、啊。」伊拉趕緊尷尬地坐在地上。

接著，亞爾曼如歌唱般喊出了一段音節，伊拉還未聽懂，房間內的燭光便已熄滅。月色從窗口落下，正好打在地毯上，照亮兩人的身子。

伊拉專注地看著那道白光，表情像是為之著迷，隨後脫口而出：「好漂亮。」

「今天是滿月，所以特別美麗吧。」亞爾曼露出微笑。「艾恒住的地方怎麼樣？應該也能看見月色吧。」

「是的。」伊拉喃喃說，「父親住在一個叫做藤泥裂口的地方，那裡是個斷層很多的谷地，風總是很大。他喜歡風在谷地裡吹出的呼嘯聲，好像能夠跟風說話似的。」

「很適合他。」亞爾曼的聲音隱含著思念。

「不過月亮……我很少注意。」伊拉頓了頓，才繼續說道：「我不喜歡黑暗，所以，也很少去看月光。」

伊拉的雙眼似乎染上一層陰影，為了不讓少年再次封閉自己，亞爾曼伸手貼在他的背上，輕輕唱出音節，讓他的身體回到放鬆的狀態。

「伊拉，你知道標記師的歷史嗎？」亞爾曼說話間吐出的氣息擦過他的頸側。

「唔？」

「傳說中，第一批標記師來自於蠻荒部族時期的巫醫，他們天生就能與萬物溝通，並將它們命名，定義了萬物最初始的狀態與模樣。」

亞爾曼聲音柔和地介紹，「然而物換星移，萬物不斷改變樣貌，最初的命名喪失意義，部族也在不斷侵略與毀滅的過程中，遺失了連結的方式。直到安瑞王國建立以後，才又陸續出現具有魔法天賦的人。」

「為什麼？」伊拉拱起雙肩，緊張地吞著唾沫。

「或許，是不希望被人類拋下吧。」

伊拉一愣。「我以為、應該是反過來才對？」

身後的男人突然輕笑了一聲。

「萬物都會變化，而變化象徵『未知』。未知的事物，不會想要被定義。」他的聲音聽起來像是催眠。

「所以，標記自己的魂名，代表著自己的意識就此確立。當你的靈魂越是堅定，就越不容易受人控制。」

「堅定……」

「現在，把紛雜的想法抛開，專注在你的核心，那個藏在最深處的念頭、根深蒂固的情緒、最重要的意念。」

「……想被誰喜歡，也可以是重要的意念嗎？」伊拉詢問道。

亞爾曼驚訝地眨眨眼。「你想被誰喜歡？」

這次，伊拉抬頭看著月色，輕輕呼吸著，安靜了很久，才開口：「亞爾曼老師。」

他突如其來的呢喃擊中金髮男人的胸口。「什麼？」

「老師人很好。」伊拉起初發出了不太確定的聲音，隨著吐出的話語，表情也漸漸堅定起來。「能夠一起煮飯很快樂，而且老師總是很溫柔，也很善良，跟我以往相處過的人都不同，讓我覺得……會想喜歡這個地方。」

亞爾曼別過眼神，一副欲言又止的表情。

即使伊拉說的並不是那種「喜歡」，他仍不禁想著，如果現在將少年帶到床上，或許也不會被拒絕吧。

如果是平常，其他人早就對著亞爾曼抬起屁股，接受大魔法師的寵幸。那些人總是渴求著亞爾曼的魔法，或是渴求成為他的學徒，以為只要滿足了他的慾望，就能得到些許回報。

那很容易。

不過在伊拉身上完全不適用。

「我也喜歡你，伊拉。」他沙啞地回應，期待少年沒能注意到他語氣中的無奈情緒。

「你是艾恆的兒子，自然也能算是我的兒子。只有這點，希望你能相信我。」他對著伊拉露出安撫的微笑。

少年撒嬌似的輕輕靠在亞爾曼身旁，努力記下眼前的景色。亞爾曼並不打算破壞這份寧靜，畢竟，他總算是成功獲得伊拉信任了吧。

◆◆◆

伊拉很可愛，這點亞爾曼已經在心中確信了無數次。

不過談到艾恒，那就一點也不可愛了。

「你對那孩子做了什麼！」

隔天早上，亞爾曼是被艾恒踹醒的。

那張臭臉、那種語氣，肯定是艾恒，不會有別人模仿得來；甚至可以這麼說，能把伊拉漂亮的五官擠成如此難看凶惡的表情，也只有他體內的艾恒辦得到。

「什麼什麼？」亞爾曼躺在地板上回瞪著他。

「我剛剛經過浴室，那裡還殘留一股噁心的香精氣味，我身上也是，臭死了！」

艾恒惡狠狠地瞪著男人，像是要再補他一腳。

「那個不是催……沒事，我什麼都沒說。」亞爾曼這次真的清醒了。

「催什麼？是你用來釣人上床的東西？」

「……是我替學徒上課用的東西！拜託，我什麼都沒有做。」

「所以通常會做嗎？」艾恒繞到餐桌旁，隨手拿了一塊起司塞進嘴裡。

「你——那可是你兒子，這種問題也太失禮了。」亞爾曼巧妙地迴避了問題。

他嚼著起司瞪著亞爾曼，口氣理所當然，「哼，你那風流成性的程度連我都怕了，話先說清楚，你可別打伊拉的主意。」

亞爾曼嘆息著爬起身，故作冷淡地替自己披上外袍，才接著說：「放心吧，知道你在他體內，我就一點興趣也沒有。我只是打算教他魔法，讓他自保，沒有多餘的意圖。」

「魔法？為什麼？」艾恒明顯一愣。

「他的天賦很驚人，我理解你反而想隱瞞的心情。」

「……是啊，我『瀑風』艾恒這輩子沒收過半個學徒，卻突然買下一個奴隸，光是這個舉動，王室馬上就派人來追問了好幾次，煩都煩死了。」

「畢竟他們監視著所有標記師的一舉一動。」亞爾曼苦笑。

「呵，隨便他們。為國家奉獻、盡忠職守什麼的，從一開始就不在我的人生目標之中。」艾恒半瞇起眼，閃爍著不屑的惡毒。「我學魔法是為了活命，又不是為了滿足王室的獵奇慾望。」

「你活下來了，那伊拉呢？」

「怎麼，你擔心我會直接取代他？」

「你知道這對伊拉並不公平。」亞爾曼垂下眼簾，繼續說道：「畢竟，依照自然的原則——」

「嘿，你就有依照自然的原則？」艾恒不客氣地打斷他。「我們已經快四十歲了，而你的肉體還像二十歲一樣年輕、健康，你就不會愧疚？亞爾曼，像我們這些能夠使用魔法的人，在其他人眼中早就扭曲自然的原則，是不公平的。」

亞爾曼一時答不上話。

「為什麼你這口氣聽起來，好像在嫉妒我的魔法似的？」

「不，對我而言，衰老是恐懼最具體的概念。」艾恒沉默了一小段時間，並以淡漠的雙眼眺望遠方。

「……那是漫長的警訊，如影隨形的痛苦，而且會不間斷地剝奪你的自由。亞爾曼，作為我的朋友，我倒是衷心希望你能健康地死去。」

這是旁人肯定無法理解的扭曲言語，但亞爾曼反而能夠認同。

他不希望艾恒打破那條界線，但是身為魔法師，原本就是遊走在自然與律法邊界上的職業，被王室寵愛，也被王室恐懼，具有特殊地位的他們就像走在繩索上，必須努力保持平衡才能生存。因此，他也不確定常人的道德觀是否適用於艾恒。

他正想說些什麼，突然，壁爐旁的木製風鈴自主地晃動起來，發出節奏規律的音節。

「喔，有人來找你了？」艾恒率先反應過來。

亞爾曼眼神一沉，「也可能是來找你的。」

亞爾曼讓艾恒留在臥室別出來，自己來到巨木森林的入口，看見的不是士兵，而是瓏里少數能在亞爾曼身邊待下來的學徒——弗蘭克，他不算是美型的少年，只能說不像其他瓏里人長相粗獷，不過在這個偏遠的地方也沒得挑剔，況且他性格機靈，在床上也很積極，魔法又即將進入畢業課題的階段，亞爾曼不否認自己還是挺喜歡弗蘭克的。

看見他的模樣，才讓亞爾曼想起上次經過他家卻不進去的事，即使弗蘭克並不曉得，亞爾曼還是被一抹心虛的感覺刺痛了一下。

「老師，我帶了酒水跟食物過來給您，讓我幫您放進家裡吧。」他側過身，甩著俐落的黑色短髮，秀出自己扛在肩上的包袱。

「啊……謝謝，這還真是幫了大忙。」

「太好啦。聽說您買了龍晶花的種子，我猜您是有了新學徒，所以忙到沒來找我吧。」

「不，我本來聽到風聲說有人想來找我拜師，想著可能會用到就先買了，結果好像只是誤會一場。」亞爾曼擺出微笑，與弗蘭克並肩回到森林外圍的小屋，「我本來拜託老闆別說出去，就是怕影響你——」

「欸，怎麼會？」弗蘭克發出誇張的大笑，「如果真的有新學徒不是很好嗎？擅長教人的標記師不多，像您這樣有能力的大魔法師，不多收幾位學徒太可惜了。」

「……畢業課題還順利嗎？」亞爾曼溫柔地彎起眉眼，伸手推開大門讓弗蘭克進屋，將雞蛋、醃肉、酒水與麵包一一放到餐桌上。

「呃呃——要找到尚未記載的魂名，果然沒那麼容易。」弗蘭克苦惱地整理食物，一邊說道，「喜歡的事物都已經擁有魂名了，我試著離開瓏里，想要尋找靈感，卻還找不到什麼共鳴點。」

「才花了六個月的時間，還早呢。」

「老師當初花了幾年吧？」弗蘭克將最後一瓶酒放在桌上，大功告成地吐了口氣。「我知道您那樣算很快了，除了那位……您之前提到的誰……」

「三個星期。」亞爾曼的笑意漸深。「論能力，確實沒有人比得過艾恒。」

「……我會不會過不了最後這關啊？」聽見男人對艾恒下了如此高的評價，弗蘭克的信心瞬間受到打擊，只能害怕又無助地看著他。

「確實有許多人會卡在最後這道課題，甚至花了五、六年時間的人也不在少數，所以標記師才會如此珍貴。不必擔心，我曉得你的實力，如果有任何需要我都會協助你。」

「那我就放心啦！謝謝老師！」弗蘭克笑開了，一邊打開酒瓶倒了杯酒，並往亞爾曼走近。「這是挪亞大哥新釀的莓酒，味道跟去年不一樣，嚐嚐？」

亞爾曼遲疑了一會兒，接過杯子輕輕啜了一口，才緩緩說道：「唔，好喝。」

「比起以往甜了不少，很適合作為今年豐收節的迎客酒！老師，您這星期沒過來瓏里，錯過不少話題唷。」

「有首都的人來找你嗎？」他只關心這個。

「自從您上次開給我畢業課題後，他們是有來問過我的狀況，但最近都沒有聯絡。怎麼了，難道他們應該要來嗎？」

「確實是差不多了。」亞爾曼隨口說著，心底卻暗自鬆了口氣，緩緩坐上一旁的椅子。

「這樣啊？首都的人就算快馬加鞭過來這裡，也要花上一個多月，不可能那麼頻繁吧。」弗蘭克也坐了下來，只不過，他是坐在亞爾曼的跟前，雙手環靠在男人的膝上，像隻狗兒將臉湊近，放鬆似的說道：「哎呀……不過聽到您沒有收新學徒，我果然還是有些安心。」

亞爾曼也微笑著，身子卻僵硬起來。

他知道那是什麼表情，也知道少年想做什麼。

「弗蘭克，今天還是算了吧。」

「為什麼啊？老師應該也憋了很久吧？」弗蘭克困惑地伸出一隻手，揭開亞爾曼簡單繫起的外袍，大概是剛起床的緣故，長袍底下只穿著寬鬆的短褲，讓弗蘭克一下便握住那垂軟的陽根，熟練地套弄起來。「請讓我來吧，像平常那樣就行了？」

「唔……」

或許是真的有段時間沒發洩了，亞爾曼皺起眉，眼見下半身的慾望沒兩下便迅速膨脹，在腿間高高撐起，弗蘭克舔著嘴脣，像是迫不及待要張口吞入。「可以嗎？我也很想被老師，在房間……放進來……」

亞爾曼以手遮臉，想起艾恒現在還在那房間等著，心中一片混亂。

但是體內的慾望逐漸來到極限，在弗蘭克熱切地撫弄下，亞爾曼也漸漸不再抵抗，只想藉著眼前殷勤的少年狠狠發洩一番。

如果不去房間，想辦法在這裡快速完事的話……

「就在這裡。」亞爾曼透過指縫望向少年，充滿情慾的眼神讓他彷彿變了個人。「現在咬出來，就給你獎勵。」

「那有什麼——咦？」弗蘭克跪在腿間正要開動，突然，他驚嚇地看向樓梯間。

亞爾曼也注意到了，那個不該出現在他們身旁的人影。

只見綠髮少年整個人嚇呆的樣子，注意力全在他們的動作，以及亞爾曼挺起的硬物上，少年張大了嘴，與弗蘭克同樣擺出想要叫喊，卻又啞聲呆滯的模樣。

那不是艾恒——是「伊拉」。

第三章　必須拆穿的謊言

「對不起……」

「沒事。」

「對不起，我不曉得自己為什麼會待在老師的房間裡，所以才想趕緊離開……」

「沒事。」

「真的很對不起……我還把那個人嚇跑了……」

「伊拉。」亞爾曼疲憊地打斷他。「真的沒事。」

少年不講話了，但亞爾曼仍能感受到他窘迫又自責的視線不斷傳來。

真是的，事情竟然會變成這樣。

他沒料到艾恆會在這時候消失，也沒料到自己的意志力在性愛面前竟是如此薄弱，才會害伊拉撞見這種場面。不但讓伊拉的存在暴露，而且更糟的是，現在這種卡在一半無從發洩的狀態使他更難受了。所以弗蘭克匆匆離去以後，亞爾曼就一直坐在椅子上發楞，伊拉則一副不知所措，以為自己犯下什麼嚴重錯誤的模樣。

殊不知，男人只是在努力與自己的慾望對抗罷了。

「那我、我去練習魔法……」

伊拉紅著臉起身，默默離開小屋。

或許是這段時間太過愉快，他似乎忘了，世人對亞爾曼的評價。昨天晚上兩人的氣氛就像是真正的家人，彷彿心靈和諧地相連著，但是——今天看見的亞爾曼，才是平常真正的他吧？

「啊啊……不行，冷靜……！」

伊拉不但徹底理解到這點，還覺得丟臉極了，因為比這尷尬氣氛更糟糕的是——現在他的腦中全是那龐然大物的形狀，或許是太過驚嚇了，反而深深烙印在腦海中揮之不去。

那兩人在做什麼事，伊拉還是能理解的。只是親眼看見那畫面，果然還是感受到一股直擊腦門的巨大衝擊，他痛苦地甩著頭，強迫自己甩開那驚人的畫面。

練習！練習魔法！父親不肯教的，現在自己終於有機會可以學習了！

伊拉一邊想著，一邊來到離小屋不遠的河邊，他站在水邊的大石上深深呼吸，讓自己撇除雜念，專心聆聽萬物的聲音，這就是亞爾曼教的巨根……

「嘩啦！」伊拉將頭用力埋進冰涼的河水裡冷靜。

他狼狽地吐出水柱，憤怒地擦乾發燙的臉蛋，讓自己重新專注。

植物是標記師最容易上手的，這部分，伊拉倒是挺得心應手的。不論是要開花、枯萎，或是依照自己想要的形狀迅速生長都沒有問題。

他對著花草一一複習，現在只要他想，那些音節都會自動從雜音中變得鮮明，彷彿這些花草能夠與他連結，溫順地呼應伊拉的需求。接著是水、樹木，以及微風……他一下讓水在空中凝結、一下讓樹木彎低、一下讓風在原地轉圈，伊拉做著這些練習，感覺心情無比平靜。

亞爾曼沒有特別說他需要熟悉哪種魔法，只說『你喊得出什麼，就去練習什麼』。

所以房間內的魂名冊他全都看了，目前看來，依照萬物組成的複雜度不同，魂名的長度與唸法也不同。

標記師要熟悉魔法有兩種方式：一是讓萬物主動獻出自己的魂名，二是想辦法背熟前人記載的魂名以操控萬物。

「這樣想想，父親以前好像總是待在野外吹風……就是為了聽風的魂名吧？」

伊拉沉思起來，想著艾恒那矮小的身影總是背對著自己，在山谷間強勁的風中飛起，斗篷像張開的雙翅，讓他乘著風飛往高處，一去就是好幾個小時。

伊拉會在家中等待，有時等到恍神了，連艾恒回到家裡也不曾察覺。

『父親去了哪裡呢？』

『還不就是老地方。』

以往每當伊拉鼓起勇氣追問，艾恒就會把話題輕巧帶過，彷彿伊拉理所當然要了解一樣。若是還不明白，就是他自己的問題似的。久了，伊拉也知道自己唯一要做的就是別再多問。

每每想起那眼神，伊拉就只感到沉重。

他抹去眼角的濕氣，努力不讓自己的視線被淚水模糊。

「撲通。」

「……嗯？」

忽然，一道突兀的水花聲引起伊拉的注意。

他朝水面看去，只見一條跟手臂一樣長的大魚從水中探頭，巨大的眼珠直勾勾地瞪著伊拉看，讓他感到一陣毛骨悚然。只因那不像是魚，更像是人會有的舉動。那條魚，正在打量伊拉。

然而讓他更驚嚇的是，魚「開口」說話了。

『**艾恒，之子？**』

「哇啊！」伊拉尖叫。

『**帶我去，找，亞爾曼。**』

「啊啊啊啊啊啊啊啊老師——！」

亞爾曼被屋外的慘叫聲嚇得整個人跳了起來。

他從沙發起身，緊張地衝向門口，沒想到他才剛用力打開木門，便看見那驚人的畫面。

「伊拉？」他不禁失笑。只見伊拉抱著一條大鮭魚，臉色發青地往自己奔來，同時大喊著模糊不清的話語，接近尖叫般全速衝進屋內。

「魚！魚在講話！老師啊啊啊！魚在講話！」

「真虧你嚇成這樣，還能抱著牠回來！快把牠放在廚房桌上！」

「廚房？」

伊拉忍住顫抖衝進廚房，用力將甩著尾巴的魚砸向料理桌。

亞爾曼捲起袖子接手，一手壓制著跳動的巨大魚身，一手懸空放在鮭魚頭上，屏氣凝神地與那條魚大眼瞪小眼，過沒多久，魚突然停止了跳動。

廚房內安靜了好一陣子，直到金髮男人抬頭舒了口氣，露出放鬆下來的神情。

「呼，太好了……」

「老、老師……？」伊拉躲在廚房門邊，渾身濕黏地顫抖著。

「沒事，是我們總算可以出發的信號。」

「什麼？」伊拉雙手捏緊門框，不確定那是什麼意思，不過亞爾曼這樣一說，他才驚覺老師一直都有在計劃離開，他差點以為老師把這事給忘了。

「抱歉，你嚇了一跳吧，以前魚還會直接跳到家裡，甚至把窗戶砸破呢！」亞爾曼爽朗地笑了起來，似乎因為這條魚的出現恢復了精神。

「你們標記師是不是都有點奇怪……」伊拉心有餘悸地喘著。

「我來料理這份禮物，你去洗個澡吧，否則樣子也太狼狽了……你頭上那是水草嗎？」亞爾曼噗哧一笑，伸手想要觸碰伊拉的頭，卻被伊拉驚嚇地用力閃躲。

接著，他們同時尷尬地抿起嘴，氣氛再次變回原本的凝重。

「我、我去洗澡。」

「等等，伊拉……」亞爾曼往他靠近，卻讓他縮起肩膀，像隻害怕的小貓。

「請、請別碰我。」

亞爾曼微微張嘴，卻沒有再發出聲音。

伊拉的臉瞬間燒燙，連忙扭頭逃走，以免看見亞爾曼此刻的表情。

後來，他們沒再說話，不過到了夜晚，兩人倒是享用了一頓豐富的大餐。亞爾曼做了烤魚排、蔬菜雜炊飯，剩下魚骨與邊料熬成湯，鮮美濃郁的滋味讓伊拉數度露出驚訝的表情，雖然吃飯的過程中不發一語，卻還是把碗盤舔得乾乾淨淨。

看著伊拉那模樣，亞爾曼終於確定了——他果然還是在意那件事吧？

已經吃完晚餐的亞爾曼一手撐著下顎，打量伊拉尷尬的神情。從伊拉回來以後，就幾乎沒有與自己對上眼過，這讓亞爾曼困擾地搓著下顎沉思。

全怪他當時鬼迷心竅，以為只要快速解決，就不會被發現。不過，被少年撞見的當下，亞爾曼竟然難得冒出一絲罪惡感——明明伊拉曉得他的事蹟，兩人之間也不是特殊的關係，他還是在心底浮現一絲背叛了少年的愧疚。

是因為艾恒在少年體內的緣故嗎？還是因為那雙眼眸過於澄澈，幾乎能夠映照出亞爾曼真實的自我？亞爾曼煩惱地蹙眉，完全沉浸在自己的思緒裡，卻沒注意到伊拉也在偷看著自己，露出欲言又止的複雜神情，然後又怯生生地低下頭。

最後，少年收回偷看男人的視線，準備悄然起身。

男人顯然被這動作拉回注意力，於是沉聲喚住了少年。

「伊拉。」

「噫！」

只見伊拉像是被電到般聳起雙肩定在原處，瀏海遮起那驚慌的側臉。

「你怎麼了？」亞爾曼明知故問。

「沒、沒有。」

「今天的事是個意外，我知道你看見了。」亞爾曼雙手交疊於胸前，態度從容，表情沒有半點害臊，反倒是眼前的少年臉紅起來。

「那是……意外？」伊拉退後一步，讓自己站在燭光照不到的陰影處。

「唉，伊拉，你從艾恒或是任何人口中聽見的傳言——都是真的。我喜歡男性，尤其是那些年輕、可愛、好看的男性，我也不介意和學徒上床，甚至可以說，他們通常都是為此而來的，認真來學魔法的人反而沒幾個。」

伊拉張著嘴，臉也變得更加嫣紅，沒想到眼前的男人可以對這種事輕描淡寫。可是當亞爾曼在訴說這些話時，並不像是炫耀，而是陳述一件極其自然的日常，甚至不帶半點喜悅。那模樣讓伊拉反而感到揪心，胸口也悶痛起來。

「我……嗯……這樣啊……」

「嚇到你了吧？如果你在意，我會尊重你，以後也不會讓你看見了。」

「所以，如果我不在意，你就會跟那個人……在屋裡繼續……？」

亞爾曼沉默了幾秒，看著伊拉的眼神有些變化。

「是的。因為我就是這樣的人。」

少年明顯一僵，呼吸變得紊亂。

他又退後了幾步，讓自己遠離這個溫柔的男人。

「我知道了。」他乾啞地說。

「伊拉。如果你對我失望，那也——」

「晚安，老師。我想睡了。」

伊拉不敢再聽下去，他直接扭頭逃離了現場，將自己埋進客廳的沙發上，用被子緊緊裹住頭與身體，形成一道薄弱的防線。他不想看亞爾曼輕鬆自然地談論這種事，也不想讓自己一直想著這些事。

起初他還能聽見亞爾曼在四周徘徊的腳步聲，他緊閉雙眼，打算裝死到底，直到男人似乎覺得再開口也是尷尬，在伊拉周圍轉了幾圈後，默默將客廳的燭火吹熄。

「明天見，伊拉。」上樓前，亞爾曼用一如往常的溫柔語氣向他道晚安。

伊拉不敢回應，假裝自己已經熟睡了。

直到許久都沒再傳來動靜後，他才終於揭開被子，在已經暗下的客廳內大口吸著冰冷的空氣，一陣沁涼讓他的身體冷靜下來，然而腦中的混亂思緒遲遲無法安定下來。

他想著亞爾曼晚餐時的那番話，以及那道似乎要將自己看穿的眼神。

『如果你對我失望。』

伊拉想著亞爾曼最後說出那句話的語氣，忍不住感到揪心。

不是的，並沒有失望。只要是亞爾曼老師，什麼樣子都無所謂。

只是確切的情緒究竟是什麼，就連伊拉自己也說不清楚。

他唯一清楚的，就是那畫面不受控制地在腦中反覆浮現——他們坐在自己平常用餐的位置上，亞爾曼驚訝看著他，凌亂衣衫底下隱約展露精壯的身材，被那少年握在手裡的巨根不住跳動著，而陌生少年一臉柔媚，舌尖還貼在男人陽具的頂部——一想到那少年的年紀大概與自己相仿，伊拉又感到一陣燥熱。

他怎麼能告訴老師，自己整天想著的盡是這些丟臉的事？如果讓老師知道的話，應該是自己會被討厭才對吧？他越想越不安，緊抓著被子，嗅著上頭的淡淡香氣，才驚覺那股氣味跟亞爾曼老師身上相似，宛如自己被他抱著一樣。

「老師……」

伊拉閉上眼，那衝擊的畫面再度於腦中盤旋。

對於這種事，伊拉並不是完全沒有認知，他很清楚這兩人想做什麼，只是實際見到的震撼感還是超乎他的想像。

為什麼呢？因為對方是亞爾曼？而且又是兩名男性？何況那個陌生少年是想用舌頭舔弄，還是打算放進嘴裡……那根陽具如此巨大，怎麼可能放得進去？甚至是屁股裡……難道不會痛嗎？真的有那麼舒服嗎？

他忽然發現只要想到這，自己的下腹部就會開始搔癢發燙，連分身也會因此感到腫脹疼痛，他嚥著唾沫，抬頭確認四周沒有動靜，才悄悄將手伸進褲子裡，握住灼熱的分身，緩緩套弄起來。

「唔……」

他喘著氣，總算替體內無處宣洩的情緒找到出口。

平常的他很少主動解決自己的慾望，更別說意識到自己的需求了。大概也是因為這樣，他的動作生澀又僵硬，一手笨拙地來回搓弄，另一手則隔著衣物撫摸自己的胸口。

「哈啊……」

好像是這種感覺，卻又覺得哪裡不夠滿足。

他將身子側躺，雙眼迷濛地看著眼前一片黑暗，腦中想著的卻是亞爾曼。

如果是亞爾曼老師的話，應該會很熟練吧……如果是老師抱著自己、撫摸自己的話，應該會更舒服……不對，不應該是這樣，太奇怪了，自己竟然在想著老師發洩！

「嗯……！」

伊拉弓起腰桿，下半身反而受到那些淫穢的念頭驅使，更加硬挺起來。

頓時，他心中只剩下亞爾曼溫暖的聲音、俊秀的臉龐以及那雙精實有力的手，伊拉心跳加快，想像自己被那高大的男人壓在身下，被他親吻與擁抱的感覺，雖然在那之後的事他無法想像，但一想到自己被那對金色的眼眸深情地看著，腹部就不斷狠癢起來，渾身酥麻，甚至有股暖流傳遍全身。

體內湧上的感覺是正常的嗎？這樣子想著老師是正常的嗎？

伊拉覺得好難懂，但此刻也不需要懂。對現在的他來說，沒有什麼事比釋放體內的慾望更重要。否則那股騷動會一直糾纏著自己，把自己的理性絞成難耐的瘋狂。

反正是想像，既然是想像的話——那麼由誰來抱著自己，應該都無所謂吧。

「啊、老師……」體內的快意不斷攀升，讓伊拉失神地吐出細細呻吟。

他同時加快動作，手中的分身也已經濕潤無比，頂端分泌的黏液成為絕佳的潤滑，讓他渾身發麻，或許是知道自己快到高潮，伊拉張開小嘴喘息，隨後又咬住被子一角，壓抑著不發出聲來，然而那斷斷續續的呻吟仍隔著被子流瀉而出。

沒過多久，伊拉的腦袋化為一片空白，渾身顫抖地達到高潮，大量的白濁體液隨之噴出，沾染在自己的掌心與褲襠，一股情色的氣味在空氣中瀰漫開來。

少年終於感到舒坦地哈著氣，劇烈起伏的胸口也逐漸平息。

這也太糟糕了，伊拉……你這樣明天要怎麼面對老師？

他迷迷糊糊地對著自己暗罵，一手捂著自己的嘴，發出顫抖般的嘆息。

剩下的事，或許是太過疲憊的緣故，他已經沒有半點印象了。

隔天，亞爾曼一下樓，看見的就是已經在吃早餐的少年。

桌上擺著隨便從廚房挖出來的起司盤，以及方便直接丟進嘴裡的堅果與水果，還有一杯才剛泡好的藥草茶。亞爾曼光是看那翹腳而坐的直率姿態，就知道現在出現的是誰了。

說也奇怪，明明頂著同一張臉，卻因為個性落差太大的緣故，讓亞爾曼完全無法將艾恒與伊拉視為同一個人看待。

「早安。」金髮男人苦笑起來，朝艾恒走近。

「今天能出發了？」艾恒以小湯匙專注攪拌著藥草茶，盯著杯中旋轉的葉片。

「對，收到訊息了，我們會前往敦亭鎮。」

「你的人脈果然比較廣。」艾恒垂著綠色瀏海，露出自嘲的淺笑。

「對方也是看你的面子才幫忙的。」

「哼……誰知道呢，可不是所有標記師都是同伴。」艾恒將手中的茶推到亞爾曼面前，彎起眉眼說道：「來，這杯是你的。」

亞爾曼坐在艾恒對面的位置，感激地接了過來。那胡亂灑滿香料沖泡出來的藥草茶，充滿複雜又混亂的味道，確實很有艾恒的粗獷風格。

「謝啦——」

「對了，今天早上醒來時，我好像嗅到精液的氣味，看來有人玩得很開心喔？」艾恒一手撐著頭，假裝若無其事地直視著亞爾曼，平靜地開口。

「噗！」亞爾曼將剛入口的藥草茶全數噴了出來。

艾恒狡黠地歪起嘴角，端詳亞爾曼窘促地擦著嘴的反應。「可惜，浪費了。」

「你……能不能別那樣？」亞爾曼低下頭來，一手抓著頭髮，像是在克制自己大吼的衝動。

「沒辦法，我又不知道伊拉的記憶。結果昨天來的人是誰？」

「唉……」亞爾曼嘆息一聲，他先是扶著頭安靜了幾秒，才收拾好心情。

「昨天來的人是我的學徒，弗蘭克。」他以平板的聲音說道。

「噢，學徒？」艾恒這才如夢初醒，想起還有這麼回事。

「兩年前，他邀請我去他家，希望能為標記師，因為……很多人似乎以為只要主動獻身，就能向我學習魔法。」亞爾曼疲憊地擦拭桌面。「即使他開始準備畢業課題，我們也還是一直保持關係，不是我去鎮上找他，就是他過來。」

「呃、這樣啊，所以、呃——糟糕，我開始覺得再想下去就尷尬了。」艾恒表情扭曲地搓著下顎，好像直到現在才發現自己問了個不妙的問題。

「你為什麼要和我聊這些話題？」亞爾曼啞著嗓子問。

「啊……沒什麼啦，我只是想到，以前我們受王室招待，住在同一棟房子的時候，有段時間，我每隔幾天就會看見你帶不同的男人回來，害我都記住你的喜好了。」

「天啊，艾恒。」亞爾曼雙手交疊在胸前，「你真的想過我為什麼要把他們帶回去嗎？」

「大概是因為王室提供的房子，比妓院寬廣舒服吧。」艾恒聳肩。

「哈，對。就是這樣。」亞爾曼也跟著聳聳肩。「而且，還有一個不在乎我的癖好也不怕聽陌生人喊叫的朋友。」

「我當然不在乎，我們都知道魔法和靈魂的本質與外表無關。」艾恒將最後一塊起司丟進口中，「皮肉只是用來保護靈魂的工具，好讓彼此可以安全地進行交流，至於工具要長什麼模樣，一切隨個人喜好。」

「這點我可沒有你超然。」亞爾曼撇撇嘴。

「嗯，當然，你是百花迦藍，能控制肉體與皮囊，關注它們本來就是你的專長。」艾恒神色自若地眨著大眼。

亞爾曼翻了個白眼，「真是謝謝你的理解。」

他起身，背對著艾恒走到窗邊，像是在觀察外頭的花園，又像是在讓自己冷靜下來。「話說……你能控制自己出現的時間嗎？我是說，在伊拉體內是什麼感覺？」

「就像是被迫睡覺，每次睜開眼都得先適應環境。原本還可以控制他，但這幾天伊拉的情緒似乎都很激動，所以我沒辦法一直清醒。」艾恒想了想，才又開口：「……總之，你不是對伊拉有興趣就好，不然我會很困擾的。」

「你說什麼？」亞爾曼一愣。

突然，艾恒移開視線，轉向隨著魔法顫動起來的風鈴。

「喂，風鈴又響了。」

「別管它，大概是弗蘭克，讓他等一下。艾恒，我要問你，你到底——」

但是他話還沒有說完，風鈴突然停下來了。

這次，他們兩人同時看向風鈴，一股不安的情緒迅速瀰漫開來。

「它不該停吧？」艾恒瞇起眼。

「對——」

在亞爾曼說出口的同時，艾恒已經跳下椅子，以風吹開大門衝了出去。一出了屋子，他的身子便隨著狂風高高躍起，四周的花被驟風吹起花瓣，在空中形成淡藍色的花海，在艾恒的引導下，狂風夾帶著花瓣往唯一的通道處吹去。

有道驚呼聲在花瓣海中響起。

艾恒敏銳地捕捉到那聲響，但是風已經散去，花瓣在半空中如雪花般滿天飄落，他盯著通道，雙手緊握後又緩緩張開，感受風在這片土地上的流動，等待下一次操控的時機。

「艾恒！」亞爾曼也跟著衝了出來，先是驚訝地看著被蹂躪的殘破花圃，接著才來到艾恒的背後。他看見那幾個從通道出來的人，一時間說不出話。

「那個人就是你說的弗蘭克？」艾恒比著手勢，眼神中帶著有別於伊拉的冷漠與狠勁。「——以及他身後的六名士兵？」

亞爾曼臉色陰沉地看著那些人，沒有說話。

「老師！我們只會活捉『瀑風』，這是王室的意思！」弗蘭克雙手貼在嘴邊朝亞爾曼大喊。「如果您明白了，就請幫忙抓住他，我們也不會傷害您！」

艾恒打量弗蘭克，隨後冷笑起來。「王國派出這種人監視你？」

「唉，在這窮鄉僻壤的地方，我也是鬆懈了……」

亞爾曼無奈地往前站一步，他環顧四周，小屋正好坐落於山中深谷，四周都是懸崖峭壁，沒有滑翔器，艾恒的風恐怕無法將他們帶往那麼高的位置，而唯一的通道出口被弗蘭克緊緊守住，士兵分別站開，與亞爾曼保持約五十步的距離，試圖包圍住兩人。

六名士兵皆手上持弓，比長弓略短，弓身形狀也較為複雜，讓箭矢能夠更穩定地前進，不容易被艾恒的風魔法影響。部分箭上的尾羽顏色也跟亞爾曼先前找到的不同，如果不是艾恒率先衝出來查看，那些弓手可能現在已經埋伏於四周，用塗有藥性的特殊箭矢偷襲他們。

「老師，如果您要妨礙王室的行動，就算身為大魔法師也會被處罰的。」弗蘭克向前一步，語氣仍像往常那樣真摯自然，也帶著亞爾曼從未見過的決意。

「那就沒辦法了，我不會讓王室處決艾恒。」

「處決？王室若真想要處決，就不會只是活捉了。」弗蘭克聞言歪頭，困惑地看著老師。「王室是需要艾恒，不是要傷害他。說起來，他如果沒有先逃走，我也不會收到命令出動了。」

亞爾曼一愣，「艾恒？」

「我哪知道，高高在上的王室什麼都沒說，一副我應該要曉得的樣子。」艾恒雙手交疊，惡狠狠地看著眼前那排士兵。

「就算不是傷害我，也是看上我的能力吧？例如說，為了應付王室之間的鬥爭，希望我能把靈魂轉移的標記魔法使用在他們身上，或是把政敵的靈魂轉移到其他生物……光想著就覺得花樣挺多的呢。」

「這不是很好嗎？風魔法能替王室服務的機會不多，但是靈魂轉移就不一樣了！你可以替王室做出驚人的貢獻！」弗蘭克驚訝地張大眼。

「媽的，我才不幹。」艾恒輕哼一聲，毫不客氣地怒罵回去。「我學習魔法是想為自己而活，不是成為王室呼來喚去的狗！」

「標記師享有優渥的待遇，就算是狗，也比大多數人類活得像樣吧？」弗蘭克歪嘴一笑，儘管沒有譏諷之意，吐出來的話仍讓人毛骨悚然。

「簡直可悲……標記師是人類與萬物交流的管道，才不是為了權位而用的器具！」艾恒握緊雙拳。

「嘖，那就沒辦法了。」弗蘭克咬牙轉頭朝其他士兵比出手勢，「你們別靠近亞爾曼，盡量把他們兩個分開。」

士兵立刻應聲行動，箭矢倏地射來，艾恒掀起疾風環繞在身邊，將箭矢彈開，但是士兵接著又有節奏似的射來幾枝箭，彷彿在確認艾恒施放魔法的時機。艾恒與亞爾曼急促地互看一眼。

「我來拖延他們，艾恒，你先走。」亞爾曼看著那些皇家士兵如此熟練的應對，不禁感到棘手。

「不行，一起走！」艾恒簡短回應，接著乘風躍起，像一隻在森林中優雅穿梭的精靈，「快跟上，我要直接突破了！」

他往通道的方向奔去，弗蘭克與兩名距離較近的士兵緊守著出口，艾恒踏著輕盈的腳步，同時將地上的花瓣與樹葉吹向他們的臉，阻擋士兵的視線。

弗蘭克一手遮擋雙眼，咬牙抽出腰際的獵刀，「換武器！」

他出聲的同時，身側的兩名士兵立刻跟著拔出短劍，弗蘭克穩住腳步後，緊接著唸出魂名，背後的巨木開始彎曲變形，粗壯的分枝朝向艾恒的方向撲去，艾恒不得已只能避開枝葉並順勢攀上樹頂，靈巧地穿梭其中，卻也因此停止了攻擊。

亞爾曼則緊盯其中兩名距離自己較近的士兵，低聲喊出魂名，兩名士兵的雙手立刻變得瘦小無力，像是兩根萎縮的枯枝頹然垂下——亞爾曼無法控制他人的靈魂，對於身體各個部位的魂名倒是十分熟悉，而且大多數人類的肉體魂名都是相同的。

「啊！」兩名士兵驚嚇地看著自己枯槁的雙手，手中的武器也因握不住而落地。

「亞爾曼，眼睛啦！」艾恒在樹頂跳來跳去，悠悠躲過另一枝箭。

「眼睛跟其他地方不同，一旦毀了就恢復不了。」亞爾曼捲起袖子，刻意提高音量說給士兵們聽。「如果你們還是不讓路，接下來就不止雙手了。」

「老師！」弗蘭克氣得咬牙，朝亞爾曼丟出幾顆種子，在他的控制下，荊條與刺棘在亞爾曼腳邊茁壯，兩種不同的植物交錯纏到亞爾曼身上，迅速將他整個人吞入帶刺的陷阱中動彈不得。

亞爾曼的視線逐漸被荊棘掩蓋，銳利的棘刺讓每一處肌膚都疼痛著，這不是當地常見的植物，而且兩種植物交互混生，讓植物的魂名變得更為複雜難解，讓亞爾曼著實感到吃驚。

植物確實是弗蘭克擅長的方向，但亞爾曼沒想到他能靈活運用到這種程度。

是認識我以前就學會了？還是在這段時間研究出來的？

仔細想想，他對弗蘭克並不瞭解，來來去去的學徒太多了，他任由人們從自己身上得到些什麼，也不在乎那些人究竟是誰……一思及此，亞爾曼內心湧上久違的煩悶，伸手揑住逐漸纏緊的荊棘。

「趁現在！」

弗蘭克仰頭尋找那抹身影，操縱著巨木想將艾恒甩下來。艾恒一邊尋找重新施放魔法的時機，一邊確認亞爾曼的狀態，他旋身躲開箭矢，瞄準方向，用力跳到其中一個雙手萎縮的士兵頭上，在他落地的同時，士兵也應聲倒地。

他無懼地緊盯弗蘭克，眼中閃過一抹激昂的戰意，猛地衝向弗蘭克，對方也揮舞起獵刀，緊緊守著通道不肯讓開，艾恒深知拖延下去不是辦法，只能盡可能抓準空隙，利用瞬間的勁風將刀身偏移，但是這副身體的力氣與體能有限，單論鬥毆的話，艾恒肯定比不過眼前的少年。

艾恒瞄了一眼那團纏住亞爾曼的荊棘叢，額間冒出冷汗。

他是可以趁機獨自離開，但是亞爾曼——

忽然，身體不受控制地暈眩起來，艾恒感覺到體內的伊拉似乎正在掙扎。

喂！不要是現在啊！艾恒在心中驚慌地吶喊。

「——抓到你了。」弗蘭克扣住艾恒的雙手，咧嘴一笑。

「該死！」艾恒心生不妙，連忙喚來風將彼此吹開，弗蘭克半瞇起眼鬆開了手，但他腰間的種子也已經化為藤蔓纏繞於艾恒身上，跟纏住亞爾曼的植物不同，藤蔓沿著地表緊緊扎根，同時也迅速纏住艾恒的雙腳，讓他無法移動。

艾恒彎下身想扯開藤蔓，卻連雙手也在眨眼間被束縛。

這是什麼植物？他冒著冷汗在腦中思索，雙脣微微掀動，卻喊不出藤蔓正確的魂名。在他試圖重新取得植物魂名的時間裡，弗蘭克已經大步走來，以刀背擊暈艾恒。

確認艾恒暈過去的瞬間，弗蘭克操控藤蔓將艾恒的手腳重新綑綁起來，士兵也收起弓箭紛紛回到弗蘭克身旁，收起弓箭，其中一人將艾恒扛起。

「你們先撤退，我殿後。」弗蘭克一邊盯著亞爾曼，一邊後退拉開距離。

前往森林的通道狹窄，弗蘭克讓他們彼此保持距離魚貫離開，以免進入亞爾曼能夠標記的魔法範圍。弗蘭克特別確認過，亞爾曼能夠標記的對象必須要在十步範圍之內，所以只要能保持一定的距離撤離，不善戰鬥的亞爾曼就很難對付士兵了。

以防萬一，他決定最後一個離開，以免亞爾曼不死心地追上來。

「弗蘭克。」亞爾曼喊住他，無力的口吻讓少年腳步一頓。

「老師，對不起，突然闖入驚擾您了。」弗蘭克僅是出於禮貌地說了一句，其實對於這一切發生的事情毫無罪惡感，「我們很快就會離開。」

「你什麼時候得到這植物的魂名？」亞爾曼在荊棘牢籠內動也不動地問。

弗蘭克遲疑了會兒，確認士兵已經一個個遠離，才開口：「我自己私下培育新品種，花了點時間，然後得到它的魂名。但我知道將這個作為畢業課題有疑慮，魂名取得的難度也低，所以這是我第一次拿出來用。」

亞爾曼感慨地說：「你果然聰明。一般來說，能運用到這個程度也不容易。」

聽見那依舊溫柔的嗓音，弗蘭克吞了吞口水，表情也軟化了些。

「老師，標記師是少數讓我能直接前往首都的職業，要討好王室、擺脫貧困，我只能……」

「我不怪你。」亞爾曼苦澀地牽起嘴角，不再聽少年的辯解。「我當年也是這樣，才去做標記師的學徒。你並沒有錯，弗蘭克。」

弗蘭克點頭，雖然表情有些慚愧，但很快便一掃眼中的陰霾。

「老師熟悉植物，應該很快就能掙脫吧，再見。」

弗蘭克甫一轉身，亞爾曼身上的荊棘竟倏然落下，像是有生命般爬離他的腳邊。儘管荊棘在他身上劃出無數道傷痕，不過都是不妨礙行動的小傷，亞爾曼標記自己的身體，一股驚人的力氣湧了上來，讓他能夠輕鬆快速地奔向弗蘭克。

「唔！」弗蘭克聽見聲響後立刻回頭，果然看見亞爾曼已經迅速靠近，與他僅隔幾步距離，他來不及掏出種子，只好本能地抽出獵刀想要擊退對方。獵刀咻地揮出，砍向亞爾曼的腹部，劃出一道長而淺的血色傷口。

弗蘭克的手頓時一軟，就連獵刀也無力緊握，順著那股力道甩落地面。

亞爾曼成功標記了弗蘭克的手，讓他施不上力，否則傷口應該不止那個深度。

「幸好，我教你的肉體魔法，你沒一個學得會呢。」亞爾曼以極大的力道將弗蘭克壓倒在地，喘著氣說。

「嗚呃！」

「其實，我早就可以掙脫了。」亞爾曼一手扣住弗蘭克的下顎，一手伸出指尖壓住他試圖發出聲音的舌頭，儘管他掙扎啃咬，亞爾曼仍像是感受不到痛楚般，低

垂的金眸中藏著深沉的情緒。

「我只是在等你落單——」

沒多久，弗蘭克走出通道，站在外面等候的士兵們困惑地打量著弗蘭克，只因他身上多了許多道傷口，臉上也有些傷痕，像是經歷了一番激烈的打鬥。但是弗蘭克仍故作輕鬆，對著士兵們勉強咧嘴一笑。

「走吧。」他提著獵刀，將上頭的血珠甩落草地。「老師已經回去了。」

「還好嗎？」士兵訝異地問。

「他會理解的。」弗蘭克走向他們，但是才剛來到士兵身旁，其中一人卻拔劍指向他的胸口，警戒地望著他。

「等等，暗號。」士兵提醒。

「哈啊？」他擦去臉上的血珠與汗水，失笑出聲。

「你自己說過，有人落單的話，回來要說暗號。」

弗蘭克一愣，接著彎起脣笑道：「知道啦。暗號就是『你們都靠我太近了』。」

「什——」

接著，六名士兵的雙腿像是喪失了力氣，紛紛倒了下來，他繼續掀動嘴脣，在接連吐出的聲音中，所有士兵的雙手也只能癱在地上。

「啊！喂！」

「真是的，你們也太機靈了，真不愧是首都來的士兵。不然還想跟你們搭個便車呢。」少年輕輕甩頭，黑色短髮瞬間化為金色長髮，五官也變回原本的俊俏模樣，亞爾曼露出迷人的笑容，喚來藤蔓將他們的手腳一一綁起。

「混帳標記師！」士兵們憤怒地趴在地上大喊，扭動身軀的樣子看起來既好笑又有些詭異。「你這個瘋子！竟然敢違抗王室的命令！」

「因為他說了不去。」亞爾曼將昏迷的少年揹起。

「亞爾曼・昂傑！你聽清楚！如果不遵守國家的命令，你就只是個怪物！」士兵大吼起來，瞪著男人離去的背影。

「如果你不停下……你……等著……！」

當亞爾曼來到山腳下時，他本以為會有更多士兵等著，結果只有一名年輕女孩站在馬車旁。那台馬車的空間只能塞入一個成年人，車門上還掛著鎖頭，簡陋封閉的模樣更像是一台囚車，而且沒有窗口，好讓外人看不見車裡的情景。

「弗蘭克！」納塔原本還在安撫馬兒，聽見林間的動靜後驚慌抬頭，卻沒想到看見的竟是亞爾曼。「大魔法師？這是怎麼回事？你……」

「這是馬車？」亞爾曼看了她一眼。

「弗蘭克要我幫忙看著，他說要低調，還帶了一群士兵……」看著亞爾曼的外表有些許狼狽，又扛著一個昏迷的少年，納塔意識到氣氛不對，一改往日不敬的態度，激動地紅著臉，不曉得是因為害怕還是緊張。

「除此之外，我真的什麼都不知道，大魔法師，請不要傷害我……」

亞爾曼的表情沒有不悅，而是轉頭將少年安置於馬車內。

「我要走了，納塔。這段時間謝謝你們的照顧。」

雀斑女孩一愣，「弗蘭克他們……在哪裡？」

「在山上。我沒有傷害他們。」

「所以那些血是你的！」納塔終於反應過來，瞪著亞爾曼衣服上的血跡，雖然不多，但是在素色外袍上還是格外顯眼。

「如果士兵問起馬車的事，記得說是我威脅妳，好嗎？」亞爾曼沒有回應，而是逕自上了馬，卻又因為傷口被扯痛，蹙眉伸手壓住腹部。

「天啊，你還有時間管我嗎！」納塔生氣地從腰包中匆匆找出幾株藥草。平常她總是帶在身邊，處理鎮上小孩玩鬧時受的傷。「拿去！快走！」

亞爾曼垂著頭，感激地笑了起來。

「納塔，幸好妳沒成為標記師，那對妳的人生反而更好呢。」

「笨蛋！」納塔眼眶一濕。「我早就知道了！先顧好你自己吧！」

亞爾曼大笑幾聲，下一秒，他的五官又變成了沒人認得的陌生模樣，策馬離開了瓏里。

◆◆◆

等伊拉醒來時，睜眼便發現自己在一座陌生的森林內。

他第一個念頭是驚嚇，隨之湧上的卻是痛苦。一旦入睡以後，伊拉就感覺自己總是被人壓著頭，身體動彈不得，即使拚命掙扎也沒人聽得見自己的吶喊。

他扶著頭，心情沉重地坐了起來，天色已經昏暗到無法分辨時間，他環顧四周，才發現自己身下鋪著一件袍子，而亞爾曼就坐在不遠處，上身赤裸、腰間纏著布條，專注地看顧篝火。

「老師？」他跳起來大喊。

「我就在旁邊，你不用那麼大聲啦。」亞爾曼微笑。

看見亞爾曼那一貫溫柔的表情，伊拉頓時放心不少，但他仔細搜索腦中的記憶，完全不明白他們為什麼會在這片陌生的樹林內。

「這裡是……哪裡？我們……」

「我們已經在逃亡的路上了。」亞爾曼揉揉自己痠疼的肩膀，輕聲說道：「我借用了士兵的馬車，在下個城鎮前棄車，回頭躲進隱密的森林裡。多虧以前四處流浪，有些地形我應該比首都士兵來得熟悉。」

「你身上有傷……」伊拉很難忽視這點。

「小事，已經處理過了。」亞爾曼輕描淡寫地說。

「那些追兵……」伊拉顫抖起來。「對不起，我……我竟然什麼都不知道……」

「雖然差點被士兵帶走，幸好還是有驚無險地把你救回來了。」亞爾曼邊說邊抬起頭，才發現伊拉臉上不但沒有欣喜，反而露出更加自責的表情。

「抱歉。」亞爾曼自己也沒想到會說出這句道歉。

「什麼？」伊拉一愣。

「一醒來就在這種地方，你嚇到了吧。」

伊拉環抱著自己微涼的身子，聽見亞爾曼這句話後，內心彷彿有什麼被狠狠觸動，淚水也不受控制地撲簌落下。會關心這件事的人，亞爾曼是第一個。伊拉低頭遮起臉龐，痛苦的呻吟自指縫間流瀉而出。

那份真切的溫暖反而讓他渾身痛苦，恨不得將自身的恐懼與哀傷全數傾瀉出來。

「你的傷、還有那些士兵……對不起、我……是我害了老師……」

伊拉憋著聲音啜泣，明明想說的話有太多，卻只能拼湊出這麼一點字來。

亞爾曼只是輕輕吐了一口長氣，伸手拍拍他身旁的位置。「伊拉，來我這邊。」

伊拉噙著淚水，勉強抬頭朝他露出困惑的表情。

亞爾曼悠哉地接著說道：「既然你醒了，機會難得，該來練習你的魔法了。」

「什麼？」伊拉震驚地停下淚水——沒想到都這個情況了，亞爾曼竟然還有興致進行魔法教學。

亞爾曼見他沒有動作，再次拍拍地面，讓他無法忽視那道要求。

於是伊拉小心翼翼地在亞爾曼指定的位置坐下，兩人的距離近到像是緊貼在一起。直到此時，伊拉才終於有心思注意老師赤裸的身軀，他的身材精實，沒有半點贅肉，更別提皺紋了，在亞爾曼的身上簡直找不到歲月摧殘的痕跡。

「把手放過來，」亞爾曼的氣息貼近，伸手將伊拉的掌心帶向自己的傷口上。「專心感受，你能感覺到什麼？」

伊拉吐出一小段音節，並猶豫地抬眼確認，「是這個嗎？」

「你標記到的是布料，再深入一點。」

亞爾曼這麼貼近地指導魔法，讓伊拉的臉因緊張而泛紅，指尖也有些顫抖。

他硬著頭皮解開纏緊的布條，露出底下的傷口，亞爾曼微微蹙眉，加重的呼吸也讓胸膛更加明顯地起伏，伊拉努力不被亞爾曼的表情分神，專注感受掌心下的觸感，以及更多他難以言喻的些微能量流動。

他感受到了。

他感受到血液如河水般流淌於肉體間，又像茂盛的枝葉遍布於肌膚、肉體、骨骼之間，他沉迷那股感受，身體內活躍的生命力自成一個世界，無數訊息自指尖翻湧而來，他還無法細緻地分辨，直到亞爾曼抓起他的手，才讓他回過神來。

「老師——」

「感受到了？」

「唔、嗯……應該沒有？我不確定……」

「不要緊，有時候不是因為沒有聽見，而是同時聽見太多聲音，就像一百個人同時說話一樣。」

亞爾曼輕吐著氣，閉上雙眼。「現在，看好嘍。」

他伸手覆在自己的傷口表面，沒多久，肌膚恢復完好平整，伊拉驚訝地抽著氣，而他的魔法似乎還未結束，他依舊閉眼呢喃，臉色也逐漸恢復輕鬆。

等他睜開眼後，伊拉的手又被他抓去，緊貼在自己的身體上。

伊拉深深呼吸著，他低下頭來不敢再看亞爾曼的臉，以免被那雙眼勾去了心神。當他重新感受亞爾曼的身體後，腦中確實清楚地浮現幾個魂名，不過稍縱即逝。

「我還沒有捕捉到……不過傳來的感覺很平靜，是因為……老師身體舒服多了嗎？」

亞爾曼眼中閃過一絲驚異，但是很快恢復平靜。「嗯，做得很好。」

「老師的能力也能治療傷口？」伊拉驚訝地問。

「如果只是性質單純的淺層傷口，是可以做到。但如果涉及毒藥、臟器等複雜又深層的傷勢，我也沒辦法處理。」

亞爾曼忽然帶著期待的笑容問道：「你要控制自己的身體看看嗎？」

「我？」伊拉有些疑惑。

亞爾曼笑而不答，只是鼓勵伊拉將手貼回自己胸口上。

感受著心臟的跳動，伊拉緊張起來，「老、老師——」

「不是所有人都可以學會我的魔法，也不是所有人，都能理解學習魔法的沉重。」他彎起眉眼，聲音親切無比。「伊拉，你是特別的，所以我想了解你的極限。」

特別？哪方面的特別？伊拉整個人飄飄然地想著。

若不是亞爾曼平時講話的口吻就是如此，伊拉還以為自己是在被他挑逗——不，正確地說，亞爾曼的存在本身就充滿吸引力，即使他什麼都不做，舉手投足間散發的氣質也讓人難以移開目光，哪怕是只聽著聲音，都能讓人安心地交出自己。不是亞爾曼在引誘別人，而是自己渴望被他引誘。

好奇怪，其他學徒平常也是相同的感受嗎？還是只有自己會這麼想？

「那我、我該怎麼做？」少年口乾舌燥地問。

「就像剛才感受我的身體一樣。做得好的話，就給你獎勵，如何？」或許是完全進入教學模式，男人自顧自地說著，完全沒發現伊拉的臉色變得僵硬。

就給你獎勵——這句話讓伊拉的內心再次爆炸。雖然明知道老師不是那個意思，他卻又不自主地回想起老師肌膚的觸感，結實的胸口伴隨呼吸起伏的弧度，以及那沉而誘人的嗓音……比起自己的身體，他更想記住老師的一切。

「我……」伊拉渾身發熱，思緒紊亂，口中勉強胡亂唸出魂名，他也不確定自己有沒有唸對，因為老師的聲音還在他的腦中瘋狂打轉，思緒完全無法放空感受其他事物。

下一刻，亞爾曼從期待的表情轉為困惑，「伊拉？」

伊拉還閉著眼，悶著聲音開口：「是？」

「你是想到什麼了？」

「呃？」伊拉這才驚訝地睜開眼，隨著老師的視線望向自己身下單薄的長褲，褲襠被腿間的硬物撐起，雖然還沒有完全漲大，但那形狀已經明顯可見。

他嚇得縮起腿，慌張大喊：「沒有、這不是——跟老師沒關係！」

沒想到亞爾曼也沒動怒，而是一手撐著臉頰，輕笑追問：「那跟誰有關係？」

伊拉尷尬地臉紅了。「不要問！」

「獎勵可不是你想的那種啊。」

「請不要說了啊啊啊……！」他吞著口水，不敢讓亞爾曼看見自己的表情，於是伸手遮起臉。

「哈哈哈……真是的！啊哈哈……」亞爾曼一手抱著肚子，發出難得爽朗的大笑聲。那笑聲沒有半點嘲弄，而是打從心底發出的愉悅。

亞爾曼過了很久才停止笑聲，他擦去眼角的淚，嘴角仍無法抑制地上揚，口吻好似在感嘆。「唉，我該拿你怎麼辦才好？」

這句話再次讓伊拉心癢難搔。

「我又不是……故意的！」

「是沒錯啦，只是有時候我真搞不懂，你究竟是藏不住，還是不想藏？」

「我……」

「其實呢，那天晚上我看見了。」亞爾曼輕輕拉開伊拉的手，將視線對上他，彎起嘴角，半似玩笑半似認真地開口：「我在房間煩惱了很久，還是想下樓和你談談，然後，我又悄悄回到房間，決定當作什麼都沒看到。」

伊拉睜大雙眼瞪著亞爾曼，「老師你——」

這次，他嚇得差點連呼吸都沒了。

「抱歉，伊拉，就如同先前說的那樣，我無法回應你，也不會對你出手，因為你是——」

「就算我喜歡……老師？」或許是羞恥感突破自己能承受的底線，伊拉說起話來反而顯得理直氣壯，還帶著幾分不明所以的惱怒。

伊拉的告白讓亞爾曼的聲音哽在咽喉。

「那大概也不是你以為的『喜歡』，只是因為難得遇見對你溫柔的人吧。」他嚥著唾沫，避開伊拉的視線。

「但我不喜歡老師跟別人上床……這種心情……也是因為老師對我溫柔嗎？」

「……伊拉。」

「如果這也稱不上喜歡，我真的不知道該怎麼形容……我……」伊拉啜泣著，一手拚命抹去眼角的淚水，有種奇異的陌生情緒撐漲胸口，又痛又喜悅，而且深刻不已。如果連亞爾曼也無法為這樣的情緒找到解答，那他到底該怎麼自處才好？

然而那份痛苦並未持續太久。

亞爾曼忽然伸手環住伊拉的腰，動作輕柔又俐落地將他壓在身下，接著俯身吻了他的臉頰，酥麻的觸感隨著那記親吻的位置蔓延開來，讓伊拉的臉色隨之凝結，停止了思考。那雙金色的眼眸帶著笑意，以從容的姿態扣住伊拉的手臂。

「唉，真是的，是你贏了。」

伊拉張著嘴，只是因為太過驚嚇，他半點聲音都沒能發出來。

亞爾曼接著大嘆一口氣，貼著伊拉繼續說道：「唉，完蛋。挑我意志力最薄弱的時候說這種話，要我怎麼繼續忍啊？艾恒會宰了我的……」

忍？什麼？伊拉整個腦子亂哄哄地，世界開始天旋地轉，直到亞爾曼俯身親吻他的髮梢、額頭以及臉頰。接著試探性地來到伊拉的唇上輕點，在他柔軟的唇瓣留下暖癢的觸感。

如同自瀆的那一夜，一股燥熱難耐在伊拉體內橫衝直撞，在亞爾曼的親吻下轟然炸開。男人的吻已經超越他所能理解的感受，這一切發展有如夢境，他的意識還未回到現實，眼前的男人忽然停頓了動作，微微睜眼，嘴上還沾著一線銀絲，像是在確認伊拉的反應。

伊拉雙眼迷濛，亞爾曼滿意地看著那模樣。

「現在，該怎麼辦才好呢？」他將手指貼在自己唇上，眼神充滿誘惑，「我們是共犯了？」

「唔……」伊拉張著嘴哈氣，身體一個勁地尋求呼吸的空間，根本沒有半點拒絕的餘地。「老師……這樣，太奸詐了……」

伊拉撇開頭，聲音也越來越小。泛紅的小臉看起來誘惑無比，與其說是拒絕，更像是給亞爾曼的邀請。

亞爾曼看著那張臉，沉默了一會兒。

「……奸詐的人，或許是你呢。」

這一切似乎都不是真實的。伊拉不是沒有妄想過這一刻，但他本以為自己會更加抗拒。

我肯定不是第一個。

就像其他的學徒一樣，最終都只是過客吧。

即使這樣想著，當男人吻上來時，他的身心仍一面倒地順從屈服，只能閉上雙眼，感受男人灌注的甜美。

嘴唇相觸的瞬間，他們側躺在地，亞爾曼讓伊拉枕在自己手上，一邊親吻著少年，一邊隔著衣物細細撫摸。而伊拉則是在他懷中全身僵硬、緊閉雙眼感受男人的每一次撫摸，他的大手每落在一處，伊拉就隨之輕顫，身體敏感得異常。

「伊拉，放輕鬆。」感受亞爾曼吐出的氣息在自己的鼻尖吹開，讓伊拉又是一陣哆嗦。

「嗚、但是……」

「沒事的，放輕鬆就好。」他嘴角一彎，「還有，記得呼吸。」

呼吸？伊拉還沒反應過來，亞爾曼的唇再次覆上，只是這次連舌頭也探入，溫柔舔弄著伊拉的齒間，再繞著他的軟舌打轉，將他分泌的甜液吞入喉中，一連串的動作讓伊拉忍不住發出嗚咽。

「哈、嗯……！」

伊拉將腰弓了起來，品嚐那動作緩慢又仔細的深吻，整個身子緊繃不已。

這種吻法……是要怎麼放鬆？他暈呼呼地想著，唯一能做的只有努力找尋空檔呼吸，他張開小口，卻又被男人進攻的舌頭逼出濕潤的呻吟，來不及吞入的唾液只能沿著嘴角流出。

男人似乎很喜歡伊拉的反應，獎勵性地親了幾下臉頰，接著又繼續舌吻，同時大手也往下探去，隔著褲子來到大腿內側遊走，才發現伊拉將雙腿緊緊夾著。

「不是要你放輕鬆嗎？」亞爾曼停下親吻，笑著問道。

「哈啊……什麼？」

伊拉趁機拚命吸著氣，凌亂的髮絲貼在緋色的臉頰上，雙眼迷濛地望著老師，嘴邊還牽著晶亮的液體。亞爾曼也不禁動情，直接拉開他的褲頭，用掌心包覆住他熱燙的硬挺處。

「啊！」伊拉整個人往亞爾曼懷中鑽去。「老師……！」

「弄痛了嗎？」男人放輕力道。

「不、不是……」他說話都成了氣音，「這樣……太舒服了，好奇怪……」

誠實的回答勾動亞爾曼的慾望，他忍不住俯身再次深吻，伊拉發出悶哼，只能任由對方技巧熟練地舔弄，讓他險些被吻暈過去。

被老師擁抱，竟是這麼舒服的事……這肯定是夢吧。

伊拉迷濛地想著，胸口好似要炸開般窒息，身體每一吋被觸碰的地方都上了癮，渴望被男人再次撫弄。伊拉吐出喜悅的呻吟，一想到自己嚮往的對象正在擁抱自己，整個腦子便熱騰騰地燒著，幾乎無法運轉。

沒想到，亞爾曼卻忽然停下動作，故意一本正經地看著伊拉。

「伊拉……這個時候發呆是不行的，你也得親回來。」

「親……怎麼親？」

「舌頭伸出來，試著與我做同樣的動作看看。」

都這個時候了還不忘教學？認真的？

伊拉傻眼地看著他，卻也因那番話放鬆下來，主動伸手環住老師的脖頸，接著又笨拙地閉緊雙唇，像小貓般主動親上男人的嘴。「這、這樣？」

「舌頭。」亞爾曼帶著玩味的笑意提醒。

伊拉紅了臉，再次湊上去撬開亞爾曼的嘴，舌頭怯生生地探入，他閉著眼，不敢細看老師的反應，不過主動吻上去的感覺和剛才不同，更容易掌控自己喜歡的角度，伊拉認真地舔吻著，再次感受到湧上的快意，身體也不自覺投入，輕輕蹭著老師的身子。

「好乖……學得真快。」亞爾曼停在少年分身上的手再次動了起來，彷彿在給予獎勵似的。

「啊、嗯……！」伊拉輕顫著發出低吟。

亞爾曼的掌心沾滿分身漏出的液體，直接在頂端處磨蹭起來，讓伊拉再次被巨大的快感麻痺了思考，只能緊抱著老師的身子喊叫：「老師……啊、好舒服……」

「乖，別停，繼續親……」

伊拉勉強回吻眼前的人，卻完全無法專心，感受亞爾曼的手一下套弄、一下來到頂部搓揉，就算是自瀆時也沒有老師的手法熟練。幾下後，伊拉就只能縮進他懷中投降，哼哼啊啊地叫著，但男人還不肯放過，繼續要伊拉抬起頭來親吻。

「老師、嗚嗚……不行了……」伊拉吞著口水，只能貼在亞爾曼的唇上求饒。

「怎麼已經在求饒了？」

「因為……是老師的手……所以才特別……啊、舒服……」

只見那張純真無瑕的臉蛋浮著紅暈，帶淚的目光中充滿濃濃情慾，在亞爾曼懷中吐露出煽情的告白，亞爾曼的身子也熱了起來，默默加重手中套弄的力道。伊拉緊緊抱著老師喘叫，直到那令人融化的舒爽感像浪潮般衝了上來，伊拉失神地繃緊身子，分身陣陣射出黏糊的體液，讓亞爾曼沾了滿手白濁。

「做得很好。」亞爾曼親吻著伊拉汗濕的額際。

「嗚……」伊拉不敢看著老師勾人的眼神，而是低頭看了看身下的凌亂，以及老師尚未解放的部位。他已經洩了一次，眼前的人卻還沒有脫下褲子的意思，彷彿只要滿足他就好，讓他內心升起小小的不安。

該不會……老師只是在配合自己的任性？還是把自己當成其他來求歡的學徒看待了？

伊拉還沒想完，突然間，他的褲子被整個扯下，股間頓時一涼。

他還沒搞清楚發生了什麼事，下一刻，一根濕潤的指頭探入他的後庭，那股陌生的撐漲感讓他本能地想要抗拒。

「果然還很緊……」亞爾曼吐著一口氣，將濕潤的手指緩緩抽出來，看著表情驚訝的少年。「伊拉，你真的知道接下來會發生什麼事嗎？」

「什麼？要……進去？」就算他再怎麼一無所知，看亞爾曼的動作便也明白了。

亞爾曼拉開身子。「如果害怕的話——」

「等、等等！」伊拉起身抓住老師的手，「沒有害怕！」

「你確定？」亞爾曼彎著嘴角，模樣好看極了。

伊拉體內的衝動還餘波未平，索性趁勢攀上亞爾曼，跨坐在他身上，羞澀地貼著他的臉頰低語。

「老師……讓我很舒服，所以……我也想讓老師舒服。」

這句話一半是真心，另一半的念頭是不主動這麼做的話，總覺得自己愧對老師的溫柔，一味地承受老師的付出。那種不對等的溫柔太過夢幻，反而使他感到恐懼。

「真沒見過你這麼好色的學徒。」亞爾曼的嗓音低沉下來，伸手摟抱著伊拉。

明明多的是吧。伊拉回想起那個叫弗蘭克的少年，心底不自主地湧上一絲嫉妒。現在，他知道那個畫面為什麼衝擊著自己的腦海了，他打從心底羨慕那個主動脫下亞爾曼的衣服，享受歡愛的那個人。

他想取代那個位置的所有人，獨佔老師給予的歡愉……就像現在這樣。

「老師……繼續教我，我會學起來……」他主動抓起亞爾曼的手，抬起屁股將那沾著黏液的手指放了進去，他忍耐那股異樣的入侵感，笨拙地想扭動起來，小心翼翼地吞吐著。

男人失笑起來，親吻了少年的耳際，才又接著說：「讓我來吧。」

亞爾曼抱緊伊拉，手指沿著壁肉的形狀溫柔地抽弄，伊拉喘著氣，或許是注意力都集中在亞爾曼的手指上，反而更能感受到體內升起陌生的快意，跟直接套弄陽具的感受不同，被插入的刺激更深沉也更衝擊心靈，彷彿整個人都要被奪走了意識。

伊拉失神地扭動著腰，漸漸適應那種感覺之後，反而開始想要吞得更深、更多，就連原本疲軟的分身也再次挺起。

忽然，亞爾曼將手指拔出，伊拉先是感到一陣涼意，接著，碩大的陽具抵住洞口，擠進依然狹窄的後庭。無法避免的痛楚讓伊拉止住了呼吸，即便身體適應了手指，卻還是承受不住男人的碩大，即使意識想要將其推出身體，洞口反而像是張嘴將其吞入。伊拉痛苦地嗚咽一聲，僵直著身子無法動彈。

「嗚、痛……！」

「別急著吃進去，慢慢來。」亞爾曼撫摸少年的背脊，試圖放鬆他的身體。

「可是……啊……！」少年只能咬著嘴唇，勉強又被頂入幾分。不曉得是不是錯覺，他發現亞爾曼不再是平常優雅從容的模樣，金色眼眸中夾雜著壓抑的情慾，隨時要爆發的模樣。伊拉心頭一癢，像是被男人動情的模樣鼓舞了，身體也大膽地自己動了起來，試圖尋找舒服的角度，努力將那硬挺的分身吞盡。

「好乖，第一次就能插這麼深……你這色小鬼，老師根本不用教……」亞爾曼在伊拉耳邊鼓勵，吐出沙啞的喘息。

「老師……再進來……」儘管痛得逼出淚來，伊拉還是不願放開。

亞爾曼沒有回應，而是抽出巨根，接著動作迅速地抬起少年修長的雙腿，將濕潤的陽具重新挺入。或許是角度正好，男人並未放慢動作，反而狠狠地直接插進去，一口氣抵到深處。

「啊！」伊拉驚慌地抽氣，不過這次比起痛楚，異樣的舒暢感受更加鮮明，像是潛伏於底層的浪潮翻湧而上，快意終於在此時顯露出來。

「伊拉，接下來你可要撐住。」亞爾曼親暱地撥開伊拉的髮梢，確定他已經適應，才開始緩緩抽插。伊拉明明想哀號，發出來的卻是連自己也沒聽過的叫聲，又柔又媚，宛如在配合律動的節奏鼓舞男人挺入。

「啊、啊、老師……！」

那奇異的感受比剛才直接的快感更複雜，伊拉明明想逃走，卻見自己的分身再次硬挺，隨動作拍打著腹部，那淫靡的畫面讓他羞紅了臉。

這……也太刺激了……已經不是舒服，而是更難以言喻的……

整個人都被粉碎似的，那股夾雜著悶與痛的快感，竟然比純粹的愉悅更讓人上癮，彷彿被自己身上的男人一次次打上烙印，不論是氣味、痛楚，抑或是攀上頂端的高潮，全都是由那男人賜予的，自己好喜歡這種感覺。

「伊拉，你真美……」

「啊、呀啊、啊啊……老師、不行……不行了……！」

少年一手遮起雙眼，側過頭去的模樣像在遮掩自己發情般的媚態，口中仍順著撞擊的節奏發出連連淫叫，根本聽不見老師說了什麼。隨著男人不斷頂入，快感來得又強又猛，剛才的高潮完全不能比擬。

他忘記自己什麼時候伸手攀上亞爾曼的肩膀，嗓子也叫啞了，直到自己的分身在顫抖中再次噴出體液，男人見狀也加快速度，將溫熱的精液全數灌入少年體內，依然碩大的性器一顫一顫地抖著，伊拉也隨著那跳動擠出悶哼，戀戀不捨地感受老師將性器抽出身體，臀瓣上也沾滿溢出的黏稠液體。

「老師……」再次模糊的思緒中，伊拉下意識呢喃起來，「謝謝……你……」

「什麼？」亞爾曼將臉湊向少年，彎起的眉眼再度變得溫柔，甚至充滿疼惜。

「唔。」伊拉對著那目光反而又說不出口了，於是只說道：「我是說……我們、弄髒了……到處都是……」

「還記得溪水的魂名吧？下一堂課就學著用魔法清洗身體，如何？」

「哈啊？」

這男人是教學狂嗎？

伊拉再次用錯愕的表情看著亞爾曼，那反應惹來他的大笑。

亞爾曼伸手勾起伊拉的下顎，改成曖昧的挑逗口吻，聲音低沉地說：「還是說，這次你想先學著用舌頭清理乾淨？如果是這樣，我也可以教。」

「老師……你……總是這麼色情嗎？」伊拉羞紅著臉瞪他。

亞爾曼掰開少年沾滿精液的雙腿審視，接著滿意地笑了。

「誰比較色還不知道呢……」

「等、我認輸、拜託……不、唔……要啊啊啊……」

少年的哀號很快便轉為微弱的啜泣。

第四章　呼喚與取代

分不出現在的時間。

艾恒的家座落於藤泥裂口的裂谷之間，陽光彷彿被高牆阻擋，有時伊拉睜開眼以為是夜晚，結果只是太陽照不進自己的房間。他從零亂的草蓆上坐起，雖然身體還感到困倦，精神上倒是先驚慌起來。

現在幾點了？

他揉著眼睛走出狹小的臥房，只見木屋中空無一人，這讓伊拉反而安心了些。

太好了，不用面對父親。

但他馬上對自己產生這種想法感到無奈。

這間木屋並不大，只有一個房間、廚房與大廳，一個人居住綽綽有餘，但兩個人就稍嫌擁擠了。屋內的裝潢十分簡陋，傢俱也是最基本的木頭打造，強調其功能性，卻完全不在乎視覺上的舒適感，雖然窗邊種了一排盆栽，但只有真正需要的養肺藥草勉強活了下來，其他全都成了死土。

伊拉坐在這色彩單調的大廳內，茫然地看著窗外。就算現在走出去，也只能看見暖褐色的空曠乾土無止盡地延伸，這片杳無人煙之地連水源都遙遠，簡直就像是天然的牢房。

與他乾涸的內心一樣。

在這個地方，連逃跑都顯得多餘。

唯一的好處是，父親從來不讓人餓肚子，只是艾恒挑食的程度也總讓伊拉錯愕。

『只有馬鈴薯……』

為了讓沉重的腦袋清醒，他決定找點事做，於是動手煮了鍋馬鈴薯濃湯，並放入豆子、榛子與胡椒增加風味。濃湯才剛煮好沒多久，門外就傳來一陣奇異的風聲，伊拉連繃緊情緒的時間都沒有，門就被用力推開，發出一聲驚人的聲響。

艾恒只比伊拉高半個頭，他甩著頭，放下手中乘風飛行用的滑翔傘後，脫下兜帽，露出那略有年紀、眼神嚴肅的臉孔。明明不到四十歲，虛弱的蒼白臉色卻讓他更顯老態，不過目光仍舊銳利。

『喂，那個，你——』

男人的手停在空中，忽然停下了聲音，困惑地打量著他。

『伊拉。』他不安地說：『我叫伊拉。』

『嗯。』

他點了點頭，隨手將褐色斗篷掛在門邊，靴子踏出沉重的聲響，但沒走幾步，忽然彎下腰來用力咳嗽。

咳嗽聲劇烈，彷彿一咳就停不下來，艾恒看起來隨時會倒下去似的。

伊拉的雙手開始顫抖，感覺胃好痛。他不知道該做什麼才好，只能站在那裡，等待時間過去。

等艾恒終於抬起頭後，才發現伊拉仍呆站在原處看著。

『站在那裡幹嘛？』

『我……』

艾恒深深吸了幾口氣，然後逕自越過少年，來到餐桌前拿起碗盤。

那份沉默一直持續到飯桌。

伊拉舀著濃湯，在這凝重的氣氛中食不下嚥，卻還是勉強自己全吞下肚。

跟以前的家不一樣，這裡總是有食物。

『伊拉。』艾恒突然開口。

『是。』

那冷峻凌厲的目光讓伊拉渾身不自在。

『煮得不錯。』

『謝謝……』伊拉低下頭，不敢對上那目光。『我……喜歡……』

『啊？』

『……喜歡料理。』

『喔。』艾恒撐著頭，立刻又陷入自己的思緒不再說話。他在想著什麼，伊拉無從得知。突然間他又咳了起來，只是沒有稍早那樣厲害。咳完之後，話題理所當然地中斷了，男人顯然沒有接下去談論的打算。

伊拉本來哽在咽喉的聲音也吐不出來。他很想說自己用了什麼香料，怎麼找出這個調味配方，那都是他自己研究出來的……但是好多話說不出口。

原本在男人面前就難以鼓起勇氣了，自從某天，他看見艾恒的書桌上有幾份手稿記載著奪取靈魂、交換肉體等研究內容之後，有些話就更說不出口了。

「父親」到底為什麼要收養自己呢？

伊拉不敢問，深怕答案只會讓自己崩潰。

他抱著肚子，感覺空氣中充滿亂哄哄的聲音，讓他天旋地轉，只想逃到黑暗的角落把自己縮成一團，什麼都不要思考。

『對了，信應該來了。』

『什麼？』艾恒的聲音驚醒了他。

『信。』艾恒四處查看，才總算找到壁爐上的幾封信件。

『不是在那嗎？』

那應該是王國的人來探訪艾恒時順便拿來的。

王國經常會派人拜訪艾恒，但是是什麼時候來的，伊拉一時間想不起來了。

他知道那個叫亞爾曼的男人會定期寫信給艾恒，不過都靠王國的人幫忙轉交，據艾恒的說法，那些信件都是經過王國確認內容後才拿來的，所以艾恒並不喜歡回信。

『看來亞爾曼還在勤奮地培育學徒，真是的，都是他太聽話了，害我反被王室關切……』艾恒輕哼一聲，轉頭看見伊拉困惑的眼神，於是艾恒俐落地折起信紙，將它放在一旁。

『我應該提過吧，亞爾曼那傢伙——該怎麼講呢，人太好了，對誰都溫柔，也很好說話。』

那樣不好嗎？伊拉思索著。

『你覺得那樣很好嗎？』艾恒瞪著少年，似乎猜出他的想法。伊拉還來不及否認，男人便又接著說下去：『我倒是討厭像他那——咳咳！』

艾恒又咳了起來，伊拉害怕那聲音，感覺像是要將肺都咳出來似的，於是只能抓緊手中的空碗，等待時間過去。

『要藥草嗎？』等男人的咳嗽聲停歇，他才鼓起勇氣問。

『……吃再多藥，時間也不夠。』艾恒低頭喘著氣，猛然起身，『我再出去一下，天黑前會打水回來，你在家待著就好。』

『好的。』伊拉點點頭，『要我整理廚房嗎？剩下的馬鈴薯，我也能先……』

他還沒說完，艾恒已經走出去，伴隨著狂風的聲音消失了。

伊拉悄然翻起桌上的信紙。

他知道父親總會把亞爾曼寄來的信整理好，整疊放在書桌旁。雖然就只是放著，但是父親從來不在桌上擺放不必要的東西。

雖然艾恒什麼都沒說，但那些信顯然是重要的東西。否則為何所有送來的信件之中，只有亞爾曼的被保留下來？

按捺不住內心的好奇，他打開來看。

信中，亞爾曼收了新學徒，花田今年也盛開了，城鎮的人舉行慶典時發生的趣事……信上寫著的盡是這些平淡的日常。

若能讓你也看見這些就好了——信中的結尾這麼寫道。

平實的文字卻處處動人，就算自己不是父親，也能讀出信中滿溢的真摯情感，伊拉看著看著，竟不由自主地走向桌邊，將剩餘的信也打開來。

一眼就好，他只是想更了解那個對艾恒提筆寫下細細思念的男人——亞爾曼．昂傑。

於是伊拉將所有信都看了，隨著那娟秀的字跡，他也跟著走了一趟漫長的旅程，那名標記師有時以天地為家、有時流連於花樓、有時乾脆自己搭建屋舍……亞爾曼走訪過王國許多地方，但不論在何時、何地，總不會忘記捎一封信來。

伊拉看了一遍，接著一遍又一遍。等回過神來時，臉頰上已經爬滿淚水。

文字間的感情使他無法自拔。

好羨慕。

竟然有人能被如此在乎著。

『嗚……』

他花了點時間，才收拾好激動的情緒。

桌上已經找不到關於靈魂取代的手稿，自從他意外發現之後，手稿就消失了，彷彿是為了避開他而藏起來。

如果艾恒真的只是為了某些目的才買下他，世人也不會意外吧——畢竟奴隸的價值便是如此。

伊拉撫過信上的署名，想牢牢記下那個名字——亞爾曼．昂傑。

如果，只是如果。

哪怕只是一天也好。

像這樣溫柔的人，也能看著自己就好了。

◆◆◆

「……老師。」

「嗯？」

「你別再盯著我看……我覺得……」

「可是伊拉太可愛了，我捨不得移開視線。」

「老師！」伊拉滿臉通紅，瞇眼瞪著眼前的男人。「你在安慰我吧？就像對其他學徒那樣……」

「我是說真的，伊拉，只是你自己沒注意到而已。」亞爾曼伸手環抱住伊拉，輕輕勾起他耳側的髮絲，動作充滿寵溺。

「唔呃……」

不是那個問題啦！

伊拉不知該如何反應，只好撇頭刻意不看老師的臉，遮掩自己害臊的情緒。

為什麼事情會發展成這樣呢？

自從前幾夜的激情過後，亞爾曼似乎不再掩飾自己對伊拉的喜愛，親暱的態度也比以往明顯，只要一逮到機會就往伊拉身上蹭。

那舉動在伊拉看來，就是想要再一次翻雲覆雨的信號。

如果是那樣的話——也未免幸福過頭了。

他已經忘記自己那一夜是怎麼失去意識的，只曉得自己很久沒睡得那麼沉穩，甚至夢見以前的事，而張開雙眼後，亞爾曼的臉近在眼前，那溫柔帶笑的凝視，讓伊拉懷疑這一切只是美夢的延續。

「我覺得……」

「嗯？」亞爾曼的氣息從耳旁吹來。

「明明是老師……比較好看。」伊拉垂著頭，悄悄以手勾住亞爾曼的臂膀，不肯放開。

「會嗎？我倒覺得自己的眼睛和頭髮都是相同的金色，實在太單調了。我更喜歡伊拉身上的色彩，跟大自然一樣純粹、豐富又美麗。」亞爾曼搓著下顎認真思索。

這個有如太陽般耀眼的男人在說什麼啊？

伊拉瞇起眼，不認同地沉默以對。

突然，亞爾曼輕笑起來。「能看見了。」

伊拉依言轉頭看往稀疏的樹木之間，隱約能看見低處的平原，以及一座建起圍牆的中型城鎮。

「我們要進城嗎？」伊拉不安地看著。

「不。」亞爾曼並沒有走下去，而是偏離山路，轉往坡上開始攀爬。

「咦？」

「我本來居住的房子挺隱密的，對吧？但那並不是我發明的方法，而是從我老師那裡學來的技巧。對標記師來說，製造一、兩個掩藏處並不難。」

亞爾曼伸出手，輕唸著土地的魂名，一條幽長的暗道在他們身前展開。

「啊！」

「不同的土地與水源，其魂名也有些微差異，不過這個就讓你自己去感受了。先走吧。」亞爾曼拍拍掌心，領著伊拉往暗道深入。

這次他們走了很久，中間又經過幾次岔路，伊拉都快搞不清楚他們的位置，才終於看見一棟座落於林中的白色石屋——灰白色牆壁加上石頭搭建而成的弧形屋頂，像是森林中長出了大蘑菇。

「哈，希望我還記得進去的方法。」亞爾曼一臉懷念地打量這座老舊的房屋，門上沒有把手可以推開，但是裡頭藏著金屬卡榫，若是沒有先標記卡榫，就無法將其打開。

「這裡是？」

亞爾曼先是沉默了幾秒，才開口解釋：「這裡是我的老師——『鳥舞』愛斯特的家。」

他低聲喚出卡樺的魂名，門也應聲打開。

黑暗的入口飄出些許陳舊的霉味，亞爾曼呆站著等了一會兒，才扶著門緣，表情憂傷地輕聲說道：「老師，我回來了。」

接下來的時間，他們開始打掃這座廢棄的小屋，將需要用到的房間範圍清理出來……

實際上，真正在打掃的人，只有伊拉而已。

「那麼——乖學徒，最讓人期待的上課時間到啦。」

伊拉覺得以後當亞爾曼開口說出這句話時，他就要繃緊神經了。

「把這些廢棄的木頭標記起來，變成圓球狀，將它們集中在一起。」

「接著試試標記火焰燒掉這些垃圾。專心。」

「我們還得把水收集起來，別忘了，露水、池水、泉水的魂名都有細微差別，你要仔細分辨。」

「很好，就是這樣，雖然有好幾片葉子掉進水盆裡了，把它們拿出來吧——只是別用手。」

「伊拉，接著標記這些……」

「伊拉，我沒有說可以休息……」

不曉得亞爾曼是否故意，他就這麼站在一旁不斷開口指示伊拉。

最後，抹布在伊拉的操控下自己動了起來，將地板仔細來回擦拭，直到亞爾曼終於點頭認可，伊拉整個人立刻疲憊地倒了下來，躺在地上痛苦地喘著氣。

「哈啊……我不行了！老師……！」

明明只是站著進行魔法標記，卻好像自己親自動手打掃一樣勞累，甚至比做粗活的時候更加容易疲倦。

「辛苦了，做得很好呢。」亞爾曼將抹布拾起，丟進一旁的水桶裡。

「原來持續標記……這麼累……」

「休息一下就起身，別忘了還有洗澡水要準備。得去找木柴、貯水，還要將泡澡用的藥草標記長成後，丟進水裡一起煮熱。動作快，我們時間不多了。」

「……是。」伊拉喘息著閉上雙眼。「請問……」

「怎麼了？」亞爾曼停下腳步。

「老師以前……也是這樣……進行魔法訓練嗎？」

亞爾曼歪著頭，彎起眉眼說道：「不會唷。」

「咦！」

「你怎麼覺得，一般學徒能用魔法完成所有操控呢？」

「這是什麼意思？」原本快要昏睡的伊拉徹底驚醒過來，他猛然抬起頭看向亞爾曼，卻只看見老師已經走出門的背影。

「走吧，休息時間結束。」

「啊！等等……」伊拉露出欲哭無淚的模樣，但他還是聽話地爬了起來，全身無力地努力跟上亞爾曼的腳步。這感覺跟激烈運動過後的疲勞不太一樣，伊拉覺得口乾舌燥、肚子異常飢餓、身體也睏倦不已。

「還行嗎？」亞爾曼的聲音在此時像一道微風撫慰著伊拉。

伊拉確實很想休息，不過那些撒嬌般的哀求，他完全說不出口。

雖然亞爾曼的做法就像是在一旁納涼，但是打掃房屋的這段期間，亞爾曼的視線從來沒有離開伊拉，他並不是在利用伊拉，而是在趁機觀察伊拉的標記能力，也會適時出聲指引。

光是這樣，就讓心頭甜滋滋的——這樣想的自己，是不是有點奇怪？

「……我可以。」伊拉伸手抹了抹臉，眼神堅定。

「好孩子。」男人像是被他的回應觸動了，伸手摸摸他的頭，語氣溺愛。

伊拉看著那張俊臉，心想——

就算奇怪也沒關係。

在那雙金色眼眸中映照出來的自己，肯定是幸福無比的模樣吧。

對亞爾曼來說，回來這裡住就好像回到了過去。

只要他看向房子任何一處，都好像能看見自己年幼的模樣，小亞爾曼會坐在椅子上、壁爐前、田園裡、臥室床鋪……他與師父愛斯特總是為了生活而忙碌，比起學習魔法，他們更像是住在一起的家人。

他也能看見年幼的艾恒，與自己相比，瘦小的艾恒總是沉默寡言，冷冷瞪著所有事物，不是坐在椅子上靜靜閱讀，就是躺在床上休息。

『我想獲得治療自己身體的魔法。』年幼的艾恒總是這麼說。

在他瘦弱的外表底下，藏著不服輸的頑強靈魂。

不管老師指派多少工作，艾恒都會努力完成，也從不讓別人幫忙。亞爾曼還記得某一天的他顯得特別虛弱，卻還是彎腰在菜園裡頂著烈日除雜草，他滿頭大汗，臉色蒼白，彷彿隨時都會倒下去似的。

『我來吧，艾恒。』

『不必。』

『你不需要勉強自己，這些工作我還做得來。』

艾恒站了起來，仰視著亞爾曼，忽然將手上的雜草用力砸在他臉上。

『不要自顧自地可憐我。』灰髮少年狠狠地說。

亞爾曼嚇得站在原地不動，只能灰頭土臉地盯著他。

真是個難相處的傢伙。

這是亞爾曼當年對他唯一的想法。但與此同時，他眼中的光輝也深深烙印在亞爾曼的腦海中揮之不去。明明是那麼瘦弱矮小的傢伙，氣勢卻驚人地壓過了自己。

現在想想，那大概是亞爾曼第一次真正看見艾恒內心的瞬間吧。

當所有事情都忙完以後，亞爾曼和伊拉索性在大廳鋪上布，躺在地板上等待天亮。亞爾曼雙手枕在頭下，修長的雙腿交叉相疊，他看著殘破的天花板發楞，眼前斑駁的紋路逐漸取代腦中的童年記憶。

深鎖起來的回憶被意外揭開後，就難以停止，腦袋本能地搜尋所有記憶中的畫面細節，與眼前的景色一一比對。不論是色彩、氣味還是聲音，亞爾曼都能清楚地勾勒出來，儘管可能都是被美化的回憶，但也能夠證明，那段時光對他來說彌足珍貴。

記憶並不是用來記錄真實，而是當下的感受——他記得愛斯特是這麼說的。

但也有可能是記憶的誤導，或許愛斯特從未說過這句話。

畢竟記憶由心而生，是私密的、持續流動的、與萬物一樣不斷在進行變化。換句話說，記憶不過是最簡易的創作形式，僅僅是生物具有想像與創造能力的證明，並非什麼可信、絕對的真實。

就連亞爾曼也不解，自己為什麼會突然想到這些呢？

「老師，我們會在這裡待多久？」坐在一旁的伊拉抱著雙膝，感受夜晚清涼舒適的空氣。

「為了不讓她等太久，我們得盡早出發。」亞爾曼垂下眼簾說。

「那條魚……？」

「對，那條魚的主人。」亞爾曼笑了起來，伸腳指向牆上一張巨大的掛毯，上頭編織出王國的地圖。「是不是還沒跟你說過目的地？我們要前往東北方，一個叫做『敦亭』的地方。」

王國地形狹長，北方有著無盡的高山，西方與南方則是海洋環繞，但多半是懸崖地形，或是同樣被山脈包覆著，唯獨東面海岸才有較多淺灘，並與其他國家相連，鄰近國家之間相安無事，保持穩定的貿易關係。

不過，王室內部的動盪是否會影響這份穩定，就不是亞爾曼能夠預測的了。

「敦亭安全嗎？」

「瓏里位在偏遠的東南方，而通往鄰國的關口卻在東方，而且只有兩個，如果想走水路，敦亭就是離我們最近的那個。」

「王室應該也會猜到這點吧。」

「這倒無所謂，只要順利到了海上，被抓到的機率就會小很多。」

「嗯……」

少年呆呆地聽著，不曉得是太累，還是對這一切沒有任何想法。那種過於置身事外的抽離感，讓亞爾曼感到一抹不安。

「伊拉，你對你父親的計畫了解多少？」亞爾曼忍不住問。

「我只知道他想逃離王室，其他的我也不確定。」

「那傢伙……伊拉，你乾脆呼喚艾恒出來吧？我現在可是很想揍他一頓。」他皺起眉頭，半是認真地說。

「呃、抱歉，我沒辦法，如果父親想出現，通常就會自己出現吧。」沒想到伊拉卻避開亞爾曼的視線，一道不安的情緒閃過他眼中。

「也就是說，你們兩個人都沒辦法決定由誰控制身體？」

「老師……你就算追問，我也無法回答……」

「都到這個地步了，還打算讓我置身事外嗎？」

「不是的……我確實看過父親寫下的筆記，雖然當時沒有細讀，只知道是關於靈魂轉移的方式，其他的一概不清楚……自然也不曉得他進入我體內後，會產生什麼狀況。」

伊拉吞著口水，臉色難看地抱緊雙腿。「但是我想問……你為什麼會說是『呼喚』呢？」

亞爾曼身子一僵，沒想到伊拉會問這個問題。

「是我自己設想的。就像標記事物，喚其名號一樣，我猜你們之間的狀態也是這樣運作。」

「我……雖然還不是很懂魔法……」伊拉的表情多了幾分陰沉。「但這難道不是『取代』嗎？」

亞爾曼啞口無言。他發現自己不僅答不上來，甚至被那句話戳痛了。

那個傢伙——艾恒．布格斯總是很有自己的主見以及明確的目標，也為此不擇手段，他那不屈的精神，經常讓周圍的人驚訝，並打從心底折服。

但是看著伊拉的遭遇，亞爾曼開始思考——

會不會是自己一直以來都誤會了呢？

人都能在一夕間改變，更何況是十幾年來只用書信保持聯繫的對象。

萬一艾恒的良善，只是自己期望的投射——導致自己從來沒有認清過那個人呢？

亞爾曼還沒有確切的答案。但他知道，現在能做的行動只有一個。

他起身伸出手，用力地將脆弱的少年抱進懷裡。

「伊拉，你希望我怎麼做？」他低聲詢問：「告訴我，怎樣能幫助你？」

少年安靜地想著——**真不可思議，信中那個溫柔的亞爾曼・昂傑竟然會說出這句話。不是對著「艾恒」，而是他。**

伊拉任由男人從身後抱著他，睜著雙眼盯著前方，然而眼前只有一片黑暗，以及殘破老舊的磚牆，除此之外什麼都看不見。

如果能再早一點遇見這個男人的話，或許一切都會變得不同。偏偏這份善意終究是遲來了。

「那就信吧。」伊拉輕聲說。

「什麼？」

「我希望老師也寫一封信給我。」伊拉回過頭來，帶著一抹淡淡的笑。「要充滿思念的那種。」

看著亞爾曼驚訝的眼神，伊拉反而安心下來。

他並不是不想要更多，而是他只配得到這些，對此，伊拉還是有自知之明的。

這樣就好了。

這樣，我就不用擔心超出自己能承受的愧疚了。

而亞爾曼顯然並未看出伊拉的心思，內心充滿千頭萬緒。

這次的情況跟以往不同，事關一個人被剝奪的未來——亞爾曼陷入糾結，他想幫助伊拉，但是伊拉卻放棄了。當他說出那個願望以後，亞爾曼就明白，他並不希望被拯救。

這讓亞爾曼更加無所適從。

要說對少年的喜愛，肯定是有的。

但是艾恒對他來說同等重要，甚至……亞爾曼的內心仍在抗拒質疑艾恒，那道念頭並非來自理性，而是純粹的感情。

同時，另一個不理性的聲音正在蠱惑著自己——

你就不能為自己任性一回嗎，亞爾曼？

這句曾經在這間房子裡聽見的話，此時好似又浮現於耳畔。

「伊拉，思念是分開之後才會有的心情。」他啞聲說，「如果說，我跟你們走呢？」

「咦？」

「誰都不曉得出了國界以後會發生什麼事，如果只是單純逃亡，卻沒有想好後路的話，依你們的狀態肯定難以應對。」

伊拉嚇得轉頭過來，「老師！你還有其他學徒又生活無虞，沒必要與王室——」

「你竟然還有餘力擔心我？」亞爾曼揉著伊拉的頭。

「我、我沒有……我只是沒想到老師會說出這種話……」伊拉激動地咬著嘴唇，眼中除了感動之外，還多了幾分複雜的情緒。「可是……你不需要做到這種地步吧……」

亞爾曼垂下眼簾，他知道伊拉並非在警戒或懷疑，而是少年過於敏銳的心思——伊拉既然會主動提到信，就表示那些寄給艾恒的信中，不論是細微的思念還是不願明說的眷戀，都被旁人徹底看穿了。伊拉真正想確認的，應該也是這個吧。

「不全是因為艾恒。」他老實承認。「而是……」

他還未說完，少年竟主動將雙唇貼上他的嘴，堵住他接下來要說的話。這舉動讓亞爾曼一愣。

直到伊拉換氣之餘，見男人唇上也沾著誘人的晶瑩，他瞇起雙眼，表情像是帶著某種決意，再次吻上男人。

亞爾曼這次總算反應過來了，伸出兩手扣住伊拉纖瘦的雙肩，卻沒能將伊拉推開。

畢竟身體是騙不了人的。不只是那生澀的親吻勾起他的慾望，更是從見到這名少年開始，亞爾曼的內心便止不住地騷動著，在知道伊拉的身分之後，一股難解的紛亂情緒也在體內不斷擴大。

想要擁抱伊拉的心情，跟那份想要珍惜的心情總是互相衝突。

然而比起那些複雜的心思，身體總是更快做出決定。

他一手輕扣住伊拉的下顎，逼少年只能停下動作，「張開嘴。」

亞爾曼聲音低沉，簡短的指令帶著一絲強硬。

懷中的少年臉頰一熱，接著溫順地張口，就像之前教過的那樣。

這次，他們之間沒再說一個字，甚至連確認意願都沒有必要。

一切發生得理所當然。

男人這次讓少年趴在自己身上，他沒有愛撫伊拉的分身，而是直接以唾液濕潤穴口，以手指輕輕插入，另一手則不忘揉捏那極富彈性的臀瓣，享受少年細嫩光滑的肌膚觸感。

柔韌的肌理形成優美的身體曲線，汗水中參雜著暗香，加上伊拉反應敏感，卻還是主動扭腰想要吞入陽具的動作，無一不是誘人的刺激。

亞爾曼忘情地深吻著少年，必須努力壓抑那急欲發洩的慾望，他才能不立刻將少年壓在地上狠狠抽插。

「嗯……哈……」伊拉閉著雙眼，整個人被吻得發軟，臀部卻不忘擺動，好讓男人的巨根順利進入，這次插入的過程顯然順利許多，也比先前的姿勢刺激。

伊拉被頂得吻不下去，只能順著律動搖著身體，專注感受下半身傳來的強烈快感，濕潤的眼眸中只剩下情慾，表情像是被攪得失去了理智。

「哈啊……老師……」他雙手按著男人的肩膀想撐住身子，卻也讓體內的陽具抵得更深，每一下都搗出濕潤的聲響，伊拉一下喘著，一下又忍不住咬起嘴唇，不曉得該不該放聲叫出來。

「乖，再靠近點。」男人似乎也看出伊拉的反應，於是將臉湊向伊拉靠近的胸口，皓齒輕輕咬著胸前的突起。

「啊！」伊拉一震，下半身也緊咬了亞爾曼一口。

「上次沒有好好嚐到，看來這裡也很敏感。」亞爾曼得逞地彎起眉眼來，似乎很滿意他的反應，繼續舔拭那逐漸轉硬的紅點。

「老師、這樣……嗯！」他再也受不了地叫出來。「啊、嗚……好奇怪……」

亞爾曼完全沒有要放過他，持續對著他的胸部又親又咬，湧上的快感與微微刺痛混合在一起，麻痺了伊拉的思考，陣陣酥麻自腹部蔓延開來，讓伊拉喘叫不斷。

「我好喜歡伊拉的叫聲。」亞爾曼低聲呢喃，以舌尖繞圈舔拭著敏感的乳尖，在伊拉逐漸忘情的叫聲中說道：「你看……下面咬得更緊了……」

伊拉無助地瞪了男人一眼，眼中噙著淚水。「啊……嗯！老師、哈啊……！」

「怎麼了？」他又故意咬了一下少年的乳首。

「啊！我……也喜歡……老師、啊……」

「嗯……」被那樣動聽的聲音喊著，亞爾曼也喘著粗氣，不自覺加快了動作。

伊拉大腦化為空白，僅憑藉本能扭著纖細的腰肢，漲大的分身也高高挺起。

這時，亞爾曼不再逗弄他的胸口，而是低喘著氣，兩手分別按住少年的大腿，用力撞擊至最深處，狠狠刮著肉壁的突起，讓他像是被電到般，後庭隨著那刺激劇烈地收縮，將碩大的分身緊緊吸住。

「嗯、嗚！老師……老師！」

伊拉意亂情迷地張著小嘴，喉間擠出哭泣似的呻吟，在一陣顫抖中，少年忍不住射了，隨著後庭陣陣抽緊的節奏，洞口一次次擠出白稠的精液。亞爾曼也看準時機釋放出來，以暖熱填滿少年體內。

伊拉癱軟在男人身上，喘聲漸息。

「伊拉……」亞爾曼疼愛地摟著少年的頭，親吻著他的髮。

少年垂著眼，發出微弱的悶哼。

亞爾曼讓伊拉躺好，盯著那滿足又疲倦的無邪臉龐，他忍不住撫摸起少年的臉頰，接著以修長的指尖繞起翠綠色髮絲，似乎還意猶未盡。

現在看起來，伊拉似乎又與艾恒沒那麼相像了。

亞爾曼嘆息一聲。

「傻孩子，你就是你啊，伊拉……」

「老師……？」

伊拉困倦地眨眼，似乎在剛剛那瞬間失了神，以至於沒聽見亞爾曼的話。男人輕笑出聲，俯身又吻了上去，舌頭緩慢地在他脣舌間打轉，搔弄著少年的舌尖，與之纏綿。

「唔、不行、了……我……」

「不急，我可以親到你醒來。」男人曖昧地低笑，「然後，再一次……」

「嗯……」

少年癱軟著身體，軟綿綿地任由男人擺弄。

對他來說，這一夜似乎太長了。

第五章　亞爾曼的回憶

大清早，剛結束工作的亞爾曼穿梭在市場，十四歲的他雙手緊緊抱著新鮮的蔬果，在泥濘地上著急地奔跑。

自從他們兩人離開愛斯特的家後，來到了「無波」這座城市暫住下來，這裡是距離愛斯特的山間小屋最近的城市，不但物產豐饒，對標記師學徒也特別親切。說難聽點，若是好幾年都無法完成課題，起碼也能在這裡找上一份穩定的工作，光是能用魔法標記一些簡單的物品，就已經具有優勢了。

像這種學成一半，就直接放棄畢業，在城裡找工作的人也不在少數。

亞爾曼甩著金色馬尾，一鼓作氣衝到其中一個灰色窄房子前——沒什麼錢的人會在房屋縫隙之間，砌出簡陋的房屋居住，無波在這點並沒有法規限制，於是蜂擁而來的人們將屋子七零八落地胡亂建起，土地劃分也不明確，因此街上很多這種大小不一的建築物。

艾恒住的地方只有一扇窗戶與門，平常甚至得將門窗打開保持通風，因此亞爾曼毫無阻礙地闖了進去，順勢將手中的瓜果蔬菜咕咚咕咚地丟進地上的空竹簍內。

『艾恒，我來送東西給你啦！』亞爾曼喘著氣說。

『你怎麼又來？』艾恒坐在簡陋的地板上披著毯子，閱讀自己整理的皮紙筆記，他瞄了亞爾曼一眼，灰色的瀏海蓋住那雙大眼。

『你真以為我會隱居山林啊？』亞爾曼叼著肉串，『這地方你一個人住？』

『我本來是要借宿的，對方一聽到我在做畢業課題，就堅持要給我一個地方住。』艾恒撐著頭，露出微妙的笑容。『你研究得如何了？』

『還沒有頭緒。』亞爾曼聳肩。

『喔，想藏私啊。』艾恒一手撐著臉頰，目光又回到自己的筆記上。

『有什麼好藏的，每個標記師擅長的方向都不同，想抄也抄不來。』

亞爾曼在艾恒旁邊坐了下來，撿起他的筆記細讀。『靈魂、魂名與記憶之間的關聯？』

『我還在試圖理解這些。』艾恒沒阻止亞爾曼閱讀筆記的行為，而是順著他的閱讀視線解釋自己的想法。『因為我越是深入理解，就越難定義「靈魂」。』

『你有對人……實驗過了嗎？』亞爾曼害怕地看著他。

『沒那麼容易啦，也得先有人願意把魂名交給我啊。不過這樣下去也沒結論，我看我還是先想辦法成為正式的標記師，再來收學徒……』艾恒搓著下顎，展現出不屬於他年紀該有的沉穩與理智。

『喂，你這一番話有點恐怖……』

『你如果收到不錯的學徒，歡迎介紹給我。』艾恒故意擺出狡詐的表情。

『哈，我才不要收學徒。』亞爾曼笑了一聲，蹺腳躺了下來。『我要留在首都，替王室服務，享受首都的榮華富貴。你自己想辦法吧。』

艾恒輕哼一聲，卻沒有更多譏諷，而是繼續整理自己的筆記。

亞爾曼發現，眼前的灰髮少年似乎就喜歡這種對話方式。彷彿在直來直往的嘲弄中，更能迸發出自信，讓艾恒感覺自己是個有能力贏過他人的人。

◆◆◆

『那個男人怎麼樣？』

『太胖了。』

『這個男人呢？』

『臉上有好多疤……感覺是很容易惹上麻煩的傢伙。』

『這個呢？』

『喂，這是女人啊。』

他們一起看著窗外陰沉的天色，以及街道上熙來攘往的行人，一邊挑選轉移靈魂的對象作為餘興話題。不過不管亞爾曼挑了誰，艾恒都有辦法挑剔，到最後亞爾曼也挑膩了。

『那不然，你把靈魂轉移到我身上來呢？』他晃著馬尾說。

『我才不要。』

『我可以把自己的魂名給你唷。』

『都說不要了。』艾恒憤怒地瞪著他，『誰都可以，就你的身體我不要！』

亞爾曼也回瞪著他，雙手比向自己，高傲地挺起胸膛。

『喂！我這模樣還不夠帥氣、完美嗎？你這可是賺到！』

『白痴嗎？我才不搶朋友的身體。』艾恒咬牙別過頭，假裝繼續看著外頭的行人，悄悄把通紅的臉埋進臂彎間。

亞爾曼驚異地眨了眨眼，接著問道：『……我們什麼時候變成朋友的？』

『不要就算了。』

『要。』金髮少年咧嘴一笑，伸出腳來戳著艾恒的腰。『我要。』

『咳，亞爾曼．昂傑，你別得意忘形。』

『對不起。』

他也跟著趴上窗臺，與艾恒用同樣的姿勢打量外頭灰濛濛的景色。

下雨了，路上的行人開始奔走，潮濕的空氣帶著一絲涼意，若是在平常，這短暫的雷雨只會打壞亞爾曼的興致，他此刻卻難掩內心的喜悅，衝著艾恒笑個不停，於是頂著凌亂灰髮的少年也浮現一抹不甚好看，卻難得真誠的笑容，兩個人就這麼挨著肩膀笑得渾身顫抖。

讓亞爾曼忍不住想——

如果我們沒能完成畢業課題，繼續這麼過日子，或許也是一種幸福吧。

◆◆◆

『咳、咳……』

『艾恒，坐起來一點。』

『咳……可惡……！』

『沒事的、沒事。』

『沒事個屁！咳……嗚……血……』

『是氣管受傷，艾恒，不是心臟裡的血，沒事的……』

艾恒眼中閃過一絲憤怒，但他的埋怨發不出來，只剩下咳嗽的力氣。

夜晚是艾恒最容易發作的時候。

愛斯特說過，艾恒的心臟不好，而且是很難久活的那種。

每次當亞爾曼想著「兩人就這樣生活下去」的時候，艾恒的病症又會將他拉回焦慮與自責之中，在在提醒亞爾曼，艾恒的身體狀況並不允許他平凡度日。

也是從此時起，亞爾曼開始沉迷栽種藥草。

除了潤喉、養肺的藥草之外，他們還額外湊了點錢，學愛斯特那樣自己栽種護心藥草、黃星塵、權杖薄荷、辣瑪納紅花……亞爾曼勤於工作賺錢，看著每一分錢確實換成艾恒續命的希望，他便感到安心，甚至完全將畢業課題拋在腦後。

為什麼呢？亞爾曼當時還不明白自己為何有這種想法。

他一心想的只是希望艾恒好起來而已。

『呼……』

當艾恒的咳嗽總算平復下來時，外頭也開始傳來鳥鳴。

他一夜未眠，只能靠牆而坐努力呼吸，亞爾曼也未曾闔眼，搖晃著身子盤坐在他身旁守候。

『天亮了，睡一下吧，艾恒。』他疲倦地看向窗外漸亮的天色。

『你不去工作嗎？』

『今天就算了吧。』亞爾曼憂心道：『我可以去找資料，研究靈魂魔法……』

『不。我不要了。』艾恒虛弱地說。

聽見這句話，亞爾曼並沒有感到欣喜。

相反地，恐懼自腳尖蔓延，一路來到背脊，讓他止不住顫抖。

『那你要什麼？』亞爾曼脫口而出。

『……我睡不著。』艾恒一手抵著唇，邊咳邊說：『我想去走走。藥喝了，按摩也做了，該做的都……唉，留在這裡盯著牆看也是浪費時間，乾脆去大草坡吹吹風吧。』

就憑你那身體？

亞爾曼很想回絕，卻又想起艾恒的個性，這裡沒有愛斯特能壓制艾恒的硬脾氣，亞爾曼真要攔可能也攔不了。

於是他們花了一點時間漫步到無波最高的山丘上，抵達時太陽早已高高掛起，或許是陽光驅除了艾恒體內的濕氣，反而讓艾恒有精神許多，他面頰紅潤起來，腳步穩健，只差那咳嗽聲依然無法消去。

他們踩著草皮來到山丘的最高處，野草叢生彷彿看不見盡頭，綠油油的坡面連接著清爽的藍天，微熱的溫度曬起來剛好。不遠處有幾個孩童抓著玩具奔跑嬉鬧，年紀看起來都不到十歲，天真爛漫的模樣引起艾恒的注意。

『咳……我怎麼沒想到，挑年輕的孩子也不錯啊，潛力極高，也容易拐騙。只要找到有魔法資質的孩子，給點糖果吃，搞不好就能輕鬆獲得魂名了。』艾恒搓著下顎，打量著那些孩童。

『與其想這些，還不如研究怎麼標記自己的身體，會不會更好？』亞爾曼翻了

個白眼，似乎已經習慣艾恒那些奇怪的幽默。

『你以為我沒試過嗎？』艾恒不悅地撇撇嘴。『亞爾曼，你這麼愛給意見，怎麼不自己去研究心臟的魂名？』

『我當然也試過，只是真奇怪……靈魂的魂名明明就很好取得，大部分的器官卻沒人能夠標記，就好像……』

不想讓魔法師標記似的。

亞爾曼沒有把這句話說出來，不過從艾恒的表情來看，他大概也有著相同的結論。當然，也可能只是他們沒有這方面的資質。

『話說回來，那些孩子在幹嘛？』艾恒輕哼一聲轉移話題。

『喔！這個山坡的風很大，有些孩子會用布與木頭製作玩具，讓他們可以滑翔玩耍。』

『亞爾曼哥哥！來玩！』

那幾個孩子忽然帶著自製的滑翔玩具過來，興沖沖地圍著亞爾曼，完全無視他身旁那名陰沉的少年。他們顯然是亞爾曼在城裡打工時認識的孩子們，即使亞爾曼並沒有刻意交流，孩子們還是因為他親切的個性，自然而然地黏上來。

『我摔倒太多次了，還是不要吧。』亞爾曼苦笑著抬手回絕。

反倒是艾恒不客氣地將滑翔玩具拿了過來，自顧自地打量著它的結構。『這東西還真精巧，不是你們這些小孩能想出來的吧。』

『大人們幫忙做的，但是只有我們小孩飛得起來。』那群孩子立刻不甘心地回嘴，『哥哥你太胖了，你也飛不起來。』

『胖個屁。』艾恒飛快地瞪了他們一眼，『咳、這要怎麼用？』

『這樣拿！』孩子們將注意力轉移到艾恒身上，全都往他擠了過去。

『雙手舉高！像我們這樣，看準風向！』孩子們紛紛舉高雙手，在艾恒身旁示範。

艾恒頗有興味地看著那滑翔玩具，亞爾曼見氣氛不對，忍不住按住艾恒的手。

『等等、這對你來說太危險了。』

『你覺得我不行？』他似乎就討厭看見亞爾曼擔心的表情。

『當然！現在不是你耍性子的時候，你——』

艾恒已經衝了出去。

孩子們追在少年身後鼓譟，唯獨亞爾曼臉色慘白地哀叫著。

艾恒雙手抓緊木桿，上頭的帆布乘風鼓起，他大步邁開腳，狂風呼嘯而來拍打著身體與布面，那阻力使他差點摔滾到地上去。艾恒勉強站穩腳步，然後又繼續往下坡奔馳。

『艾恒！』亞爾曼朝他飛奔而去。

出乎意料的事發生了，那一瞬間，彷彿奇蹟般——

艾恒手中的飛翔玩具被風撐起，讓他瘦小的身影在那一刻飛離了地面，從來沒有孩子能夠飛得那麼高——所有人都定在原地看著那畫面，忍不住驚呼起來，就連艾恒臉上的表情也震撼不已。

奇蹟只出現那麼一瞬間。

艾恒的身體忽然重重下墜，發出驚人的落地聲，將所有人拉回現實。

亞爾曼用盡力氣，以最快的速度來到艾恒身旁，他滴落著汗水，上氣不接下氣地跪了下來。

『你沒事吧！』

『……啊。』

艾恒仰躺在地上，像具屍體般僵直著，就連呼吸也淺到隨時會停止般，雙眼卻張得老大，看著廣闊的天空發楞。

『艾恒！』

『還活著啦。』

『你——就說會受傷了，你幹嘛——』

『亞爾曼，別吵，你看。』

『看哪？』亞爾曼抬頭，忽然間，風在艾恒的標記聲中轉了個方向，將地上的飛翔玩具捲起，精準地抓住讓它能夠飛起的角度，往高空轟然躍起，像一隻巨大的鳥兒騰翅升空。

亞爾曼張大了嘴。

『飛走了！它會飛！』孩子們也紛紛趕來，他們看著那越飛越高的玩具，興奮地又叫又跳。

『它要去哪？它越來越遠了耶！』

艾恒口中的聲音稍停，而那玩具已經不見蹤影。

他坐起身，與其他人一齊望著晴空，露出一抹無奈的笑容，轉頭對上亞爾曼依然震驚的目光。

『現在——「他」想去哪都可以了。』

◆◆◆

『你準備好了嗎，艾恒？』

『是的，老師。』

愛斯特的神情飽含溫柔，她以長滿繭的手撫摸艾恒的灰髮，試圖讓那頭亂髮服貼一點，不過沒什麼用，只要到了外頭被風一吹，他又會變回狼狽而奔放的髮型。

『我明白了，正好下星期王國會派人來視察，我會請他們現場評估，不過，依我的經驗來看，你應該會被他們直接帶去首都吧。』她微笑著說。

『這樣啊，行李也得先準備好呢。』

『風是很特殊的元素，既然它願意被你標記，那肯定就是你的命運。艾恒，我希望你能繼續接受它、聆聽它，畢竟聽見聲音的那一刻起，你也明白這個世界運行的道理了吧。』

艾恒不自在地撇起嘴角。

『老師……這其實不是我學習魔法的本意。』

『我知道，你來的那天就跟我說過了，我也告訴過你，禁忌就是禁忌，是不能去嘗試的事。』愛斯特垂下頭，笑意更深。『如今，你選擇了風魔法並回來找我，那麼，這便是你的宿命了。』

艾恒嗤笑一聲，不過那諷刺是留給自己的。

他輕輕閉上眼，當再次睜開時，眼中閃爍著更甚以往的堅毅。

『老師，去了首都以後，我不會再回來這裡，以及任何我所熟悉的地方。』他的聲音平靜。

『這段時間……謝謝妳與亞爾曼的照顧。』

後來，事情確實如同愛斯特所說，來訪的人見了艾恒的能力後喜出望外，立刻請他前往首都覲見王室。

風是難以捉摸又無所不在的強大力量，標記師已經很長一段時間沒能獲得如此成就，以艾恒的能力，想必也能在首都掀起一陣狂風吧。

艾恒的態度卻明顯興趣缺缺，對他而言，去首都只是一個無可避免的國家流程。但是在亞爾曼看來，這一切發展已經離奇到無法理解。

艾恒在那一天徹底變了。

他不再抱怨自己的身體，也不再想物色轉移靈魂的對象，甚至把禁忌的研究筆記統統摧毀。在原本預定的道路上筆直前進的他，忽然策馬轉向陌生的平原狂奔——他依然堅定，只是徒留亞爾曼一人在原地，錯愕地看著灰髮少年的背影。

但那並不是真正讓亞爾曼痛苦的事。

『喔。』艾恒提著包袱，穿著旅行用的斗篷走出愛斯特的家，正好看見亞爾曼。

『……恭喜。』

『你的表情也太難看了，該不會是在嫉妒我的魔法吧。』艾恒一臉無所謂地看著亞爾曼。

『靈魂魔法的事，你不管了嗎？』亞爾曼別過視線。

『嗯，不管了。』

『為什麼？』

『成為正式的標記師後，王室短期內會特別緊盯我的動向，因此我沒有時間，也沒有機會進行研究。』他聳聳肩。

『起碼，你可以把筆記留給我吧。』

『我不想。』

他們之間安靜了一陣子，亞爾曼知道，自己的表情肯定十分難看。最後是艾恒抓著頭，忍不住打破這片沉默。

『亞爾曼，你也知道我的身體有多虛弱，若不是被愛斯特察覺到魔法潛力，差點就要被父母賣去當奴隸了。所以，我很討厭……別人的同情。那會讓我感覺自己是被賣掉的艾恒，而不是能夠成為標記師的艾恒．布格斯。』

『我不是同情你。』亞爾曼迅速反駁。

『我知道。所以這件事，我只告訴你。』艾恒重新看著他，『沒有我以後，就快去找你自己的魔法吧，我已經拖累你太久了。』

『可是你的病……』

『當我聽見風的聲音時就明白了，生命的長度並不是我自己真正想追求的東西。』

『是嗎？』亞爾曼彆扭地語帶抗拒。

『風還告訴我很多事，不，應該說，魔法……』艾恒忽然露出一抹奇異的微笑，『告訴了我很多事，這些訊息一直都充斥在四周，只是我以前沒有真正聽見。』

亞爾曼不講話了。

艾恒眼見等不到他的回應，才又開口說道：『總之，我現在聽見了。』

說完，他走過亞爾曼身邊，腳步堅定地走向相反的方向。

亞爾曼握緊拳頭。

『你會死……』他顫抖地說。

『我知道。』

『你可能會很早就死。』

『我知道。』

『那你為什麼要放棄？』亞爾曼大叫著，即使他不明白自己為何大叫。

艾恒．布格斯轉過身來，風圍繞著他，吹起那厚重的瀏海，也吹起灰髮少年那一抹釋然的微笑。那模樣完全堵住亞爾曼接下來的任何話語。

『——這不是放棄，是接受。』

後來，亞爾曼並沒有去送行。

或許有一點賭氣的成分，那時候亞爾曼滿腔怒火，卻不曉得自己憤怒的來由。

而愛斯特在某次做農務時弄傷了腳，從此不良於行，亞爾曼便以照顧的名義，名正言順地搬回愛斯特家中。儘管那個家從原本的吵鬧，變成只有兩個師徒相處的寂靜，亞爾曼仍裝作不在意地繼續逃避自己的畢業課題。

這一逃，就逃了一年。

亞爾曼原以為時間能消弭自己對艾恒的不滿，然而時間越久，他就越是感到痛苦，就連對魔法也開始興趣缺缺。

他仍會在自己的房間內輾轉難眠，想著艾恒走向草坡的那一天。

究竟是誤打誤撞的意外，還是他注定要在那一刻聽見風的呼喚？

為什麼不是更早以前？為什麼非得是那一天？

如果那一天，艾恒沒有過去。

我們的生活是否還是會照常運轉，直到我們研究出禁忌魔法的真相？

這些疑惑在他腦中揮之不去。

艾恒・布格斯——那個說來就來，說走就走的傢伙。

好不容易習慣了他的步調。
好不容易追上了那傢伙。
好不容易才學會如何與他並肩而行。
結果在一夕之間，他又輕鬆與自己拉開了距離。
於是亞爾曼終於理解了，這種日以繼夜折磨著自己的心情，就是所謂的「恨」吧。

◆◆◆

『我們能談談嗎，亞爾曼？』
某天早晨，愛斯特坐在自己的床上，看著捧來水盆的亞爾曼，柔聲問道。
雖然外表看不出來，但她的身體已經虛弱不少，大大小小的病痛折磨著她，隨著年紀，許多毛病緩慢卻嚴重地影響著她的生活、蠶食著她的健康。最近看著她，亞爾曼都能深刻感受到身而為人的脆弱，以及歲月的無情。
『好的，老師。』他在愛斯特萎縮的右腳旁放下水盆，在床榻旁規矩地坐好。

『前陣子，艾恒讓視察的人捎了封信過來。』愛斯特舉起手中的封蠟信，明顯有被拆封過的痕跡，不過，可能在送來之前信就被打開看過了。

『我知道你不會看，總之，艾恒還留在首都，並且追問你的畢業進度。他希望留在首都等你。』

亞爾曼漂亮的臉龐在此時陰沉下來。他垂下頭，金色瀏海遮起彎長的睫毛，不過沒多久，他重新抬頭恢復笑容，一掃臉上的陰霾。

『關於那件事，我想還是算了。』他微笑著說。

『為什麼？』

『其實我對於成為標記師沒有特別的慾望，何況，也沒有找到足以讓我畢業的魔法……』

『你已經找到了，不是嗎？』

亞爾曼笑容一滯。『不。我沒有。』

『亞爾曼，你就像是我的孩子，我每天看著你，怎麼可能不曉得你在想什麼。』

愛斯特的表情難得流露出憂心，『你為什麼不接受那個聲音？它日日夜夜在你耳旁叨唸，你卻逃避了。』

『我沒有。』亞爾曼吞著口水。

『我跟艾恒都察覺到了，若非如此，他也不會固定寫信給你。』

亞爾曼思索了許久，聲音又輕又絕望，『我非得接受不可嗎？』

『亞爾曼？』

『我不能再等等嗎？等到我找到……其他的新魔法為止嗎？』亞爾曼輕輕偏著頭，他努力掛著笑容，聲音卻開始顫抖，『為什麼我不能逃避？』

『多久了？』

『我不想說。』

『親愛的，你聽見那聲音多久了？』

『我不想說。』

愛斯特吁了一口氣。

她收起憂心的面容，恢復平日溫厚睿智的神態，她總是溫柔地包容著亞爾曼的一切。『我以前也逃避過。其實，我並不喜歡鳥，也沒有興趣理解牠們。』

『是這樣嗎？』

『你見過我屋子裡頭有鳥嗎？』

亞爾曼吞著口水。他確實想問這個問題很久了。被起了稱號「鳥舞」的她，雖然會利用鳥兒替王室傳遞訊息，或是幫忙驅趕農地的害鳥，讓牠們遷徙至對人們更有利的地方，他看過無數次愛斯特在鳥群中揮舞、吟唱的模樣。

但是這個家裡從來沒有鳥。

就連那光滑的弧形石頭屋頂，都好像是刻意不讓鳥兒停駐才打造的。

『那為什麼……』

『魔法帶來的，不一定全是自己所愛之物。有時候，魔法是在展現連自己都尚未知曉的一面。』愛斯特伸手撫摸亞爾曼的金色髮絲，『我知道，那種感覺很可怕，甚至難以接受。』

『我不知道。』亞爾曼害怕地偷看愛斯特的反應。

『至少告訴我，那你究竟想要什麼？』

亞爾曼這次停頓特別久。

『我……只是不希望自己只能聽見那種聲音。』

『那是你自己的聲音，換句話說，是專屬於你的聲音。如果你逃避了，還有誰能接受它？』

亞爾曼別過頭，視線卻無法聚焦，只能聽著愛斯特的聲音陷入迷惘。

他感覺愛斯特是對的，但他就害怕這樣。

『我不是逃避，只是不想跟艾恒一樣放棄。』他沒注意到自己的聲音藏著怒火。

『放棄什麼？』

『放棄延續自己生命的方式。』

『你在生氣。』

『當然！他為什麼要等死？為什麼不重視自己？他甚至打算旅行，用那樣的身體……』

『他有說自己不在乎嗎？』

『他就是那樣想的呀！他那天……』

『艾恒．布格斯沒有那麼想，也不需要你的指引。』愛斯特忽然說，『是你希望他好好活著。你自己。亞爾曼，那就是屬於你的聲音。』

亞爾曼的表情頓時變得茫然。

他花了好大的力氣才搞懂愛斯特的意思。

『我是……氣他自暴自棄……』

『你只是不希望他在你眼前死去。這兩件事情是不一樣的。』

他抽著氣，一道淚水滑落臉頰，他被愛斯特的言語傷得體無完膚，每一句話都重擊胸口，讓他無法呼吸。他原本還無法釐清這些情緒，現在他終於理解了，那些心情並不是憤怒、痛恨或是嫉妒。他對艾恒，只能用令人心碎的其他字眼解釋。一旦承認了就只能注定面對結束的殘酷，他還沒準備好接受。

或許，如果只是恨或嫉妒還比較好一點。

『想清楚了嗎，孩子？』

亞爾曼抬起頭來，滿臉淚水，忽然他伸手貼在自己的臉頰上，口中喃喃唸著愛斯特從未聽過的魂名。他的臉龐倏地換了個模樣，那是艾恒的臉，是自己牢牢記在心中，思念了無數次的臉孔。

愛斯特驚訝地看著。

『這就是我的魔法。』他的聲音有著濃濃倦意。『我也可以讓自己保持現在的年輕外貌，不過似乎只限外表，體型或內臟就沒辦法了。』

『你肯定練習了很久，這是什麼時候發現的？』愛斯特仍不可思議地看著。

『……為了畢業課題，離開妳的前一天。』

亞爾曼說出這句話時，露出了無比苦澀的微笑。

◆◆◆

在安瑞王國的首都，建築物都是由紅石與花磚建成的，街上隨處可見紅白相間的石造拱門，建築的外牆則用上大量彩磚拼貼成華麗的圖案，反映出城市的繁華與熱鬧，豐富的色彩令亞爾曼眼花撩亂，對於出生在偏遠小鎮的他來說，這裡一點也沒有辜負他的期待。

這裡的風景足以讓他暫時忘卻所有煩惱，只專注地感受著自己的喜悅。

『亞爾曼．昂傑，從今天起，王室將正式授予你稱號——百花迦藍。』

在瑰麗的宮殿內，年邁的國王與王后坐在大殿盡頭的高腳椅上，在單色構成的繁複花紋磚牆前，他們穿著華麗的鮮豔長袍，以凸顯出王室成員的尊貴。

亞爾曼半跪在地，緊張到只能聽見自己心跳的聲音。

他身穿專屬的金色圖騰披風，上頭除了標記師特有的記號外，衣襬還有精緻的花草刺繡，以襯托他得到的稱號。布料舒適柔軟，讓總是穿著亞麻衣的他不太習慣。

儀式比想像中簡單，廳堂內只有御用的首席標記師，以及精銳士兵在場觀禮，由王室親自授予稱號之後，城堡會敲鐘並對外公開標記師的稱號。

接著就由首席標記師安排住宿休息之處，並告知最重要也是亞爾曼最在意的事——今後的職位安排。

如果能力被王室看上，首席標記師會進行招攬，但就算沒有進入宮廷的機會，也能得到其他優渥的工作，而且通常會被鼓勵留在首都繼續發展自己的魔法能力。

『對許多標記師來說，留在首都研究魔法，也是一條很好的路。』帶領亞爾曼離開典禮大廳的首席標記師將雙手背在身後，沉穩地開口。

首席標記師是名留著俐落褐髮的中年男子，在同樣的素色披風底下，藏著一套鮮豔的絲綢禮服，而從他接待亞爾曼時的儀態與說話口吻來看，家世想必十分顯赫。不過，他的眼神與語氣並不會讓人感受到距離，亞爾曼很感激這點。

『研究現有的魔法嗎？』

『這也未必，即便你已經發現了新魔法，也有可能繼續挖掘出其他類型的新魔法，或是將現有的能力繼續精進。』首席標記師在修剪整齊的鬍子底下露出微笑，『這些可以慢慢思考，先見見你的朋友吧。』

『朋友？』亞爾曼胸口一緊。

才剛說完，一道狂風便從長廊盡頭吹來，一名灰髮少年伴隨著風出現，大步走向他們，少年身上穿著亞麻長衫與深色長靴，看來到首都的這一年，他的行頭總算像樣了些，氣色似乎也變好了。

『艾恒——』

灰髮少年咬牙瞪著亞爾曼，猝不及防地狠踹他一腳。

『太慢了，白痴！』

『痛死了！白痴！』

亞爾曼縮起腳，輕揍了一拳回去，臉上卻綻放著笑意。

艾恒也抱著肚子大笑起來。

『咳嗯。』首席標記師訝異地輕咳一聲，試圖拉回他們激昂的情緒，以免引來侍女的側目。『我記得「瀑風」現在被安排在外環區居住吧？既然你們是舊識，要不要乾脆住在一起呢？』

『什麼？』亞爾曼張著嘴。

『我沒意見。』艾恒聳聳肩。『你們給的房子實在太大了，兩個人住也比較能利用空間。』

『如果你能替他整理一個房間，我可以馬上派人把需要的用品送過去。』

『呃、那我……需要確認一下……』原本乾脆的態度忽然產生變化，艾恒抓著頭髮往後退去，一邊不安地說：『你們晚點再來，我先回去整理一下！』

『還是一樣不擅長打理房間啊，這傢伙。』亞爾曼雙手交疊在胸前，無奈地笑看著艾恒急忙離去的身影。

忽然，首席標記師拍了拍他的肩膀，神情沒有半點欣喜，而是帶著旁人無法理解的凝重，只是還處於激動情緒的亞爾曼並未察覺到這點。

『那麼——接下來還有點時間，能先和我聊聊嗎？』

他們來到主堡外的迎賓別館，挑了一間有陽臺的空客房坐了下來，這裡能夠俯瞰城市景緻，只見密密麻麻的建築聚集在平原上，升起裊裊炊煙。而客房裡頭不管是臥室、浴室、陽臺還是用餐室一應俱全，有別於覲見廳單色裝潢的樸實，王宮各處設計都十分華麗。

亞爾曼才剛坐上椅子，就已經有侍女前來上茶與點心，接著站出門外等候。

亞爾曼還沒動作，首席標記師劈頭便問：『你喜歡旅行嗎？』

『呃、還好？』

『其實，我有一份工作想交給你，我認為你是最合適的人選。』首席標記師拿起一塊餅乾，緩慢地咀嚼入喉，才又接著說：『你願意去國家各地，幫忙尋找具有潛力的標記師嗎？』

『什麼時候？』亞爾曼吃驚地問。

『我希望你越快出發越好。』

『等等……』這下，亞爾曼確實慌張起來了，『我才剛成為正式的標記師，怎麼看都沒有資格啊！』

『每個人能夠成為標記師的年紀都不一定，年齡與資歷都不是問題。而首都內願意、或者說擅長做這件事的標記師也不多，如果你有需要協助，我也會盡可能地支援你。』

眼前的男人口氣帶著一絲強硬。

亞爾曼錯愕地眨著眼，不敢貿然發問。

那口氣聽起來不像是詢問，而是從亞爾曼過來之前就已經想好的規畫。

也就是說，從得知亞爾曼的能力以後，他們就沒有打算讓亞爾曼留在首都。

『請問……是我哪裡做錯了嗎？』亞爾曼冒出冷汗，一手顫抖地比著自己。『是我的魔法能力……太不實用了嗎……？』

『正好相反，你的魔法太過出色，因此，我與國王才需要保護你——你了解宮廷內的情形嗎？亞爾曼。』

少年努力回想起自己來到首都後的一切見聞，包括所見到的王室成員。

他知道國王有三名子嗣，但實際上可能更多——不過來到首都後，他一個都沒見過，而是被首席標記師禮數周到地看顧著，自從入宮以來，也沒有機會與其他重臣接觸。

原來那不是招待，而是監視嗎？

『你應該也看得出來，現任國王需要盡早決定繼任人選。』首席標記師指的是國王老態龍鍾的事實。『而你的標記能力，會將你捲進接下來的政治鬥爭之中。』

『我、不懂……』

『標記師接受稱號的剎那，就注定了替王室服務的命運。你的能力能運用的範圍極廣，不論是替身、掩蓋面色、製造假象或騙局……都非常方便。老實說，大王子與二王子都想要拉攏你，甚至一些沒有勢力的王儲，也可能因為你的能力扭轉局勢。而我必須說，在某些王儲底下做事，可能不是什麼舒服的體驗。』

亞爾曼呆坐在原處，他渾身發寒，很想大聲駁斥，要眼前的男人停止說下去，卻沒有勇氣說出口。

血淋淋的事實就這麼擺在眼前，而他完全沒有逃避的餘地。

『我……』

『國王為了不讓你的前途毀於王儲的鬥爭，決定讓你離開首都。』首席標記師垂下眼簾，語氣也跟著軟了下來，『接下這份工作，你既能專心研究屬於自己的魔法，也能替王國找到更多出色的人才……』

『你們怕我留在首都，會導致繼承人出現變數。』亞爾曼冒著冷汗說。

首席標記師的眼神產生變化，添了幾分讚許之意。

『是的。不瞞你說，國王確實有屬意的繼任人選，但其他王儲能否接受，又是另一回事了。』首席標記師看著亞爾曼苦笑一聲。

『為什麼不讓我去……協助你們想要的繼承人就好……』

『那樣的話，等於直接確立了國王的意向，反而會激起競爭者行動，而你也很可能會被暗殺，因此讓你遠行是我的主意。』

他頓了頓，臉上的表情變得更加苦澀，『抱歉，一來到這裡就讓你聽了沉重的話題，想必這座城市要讓你失望了吧。』

『是有點。』

『謝謝你的坦白。』男人思考了一下，接著才說：『只要繼任問題結束，你依然有機會回來首都，屆時我也必定替你安排優渥的職位。只是在那之前，我們也是身不由己，還請你體諒。』

語畢，身分尊貴的首席標記師竟然朝亞爾曼鞠躬。

話都說到這個份上又受了這麼重的禮，亞爾曼可說是沒有任何選擇的餘地了。

他深深呼吸著，努力讓自己的心情調適過來。

『我只有一個要求……』他的聲音藏不住顫抖，『不管發生什麼事，都請讓愛斯特與艾恒受到最好的照顧……尤其是愛斯特，只是一個月拜訪一次是不夠的，請找個合適的人照看她……』

『愛斯特嗎？雖然她總是拒絕接受我提供的資源，但我會做到的。』首席標記師神態誠懇地點點頭，『還有其他想要的嗎？錢財、衣物、工具或奴隸？』

『不需要。』他臉色蒼白地垂下頭，呼吸越加急促，『只是，抱歉……我……

有點……』

『等你整理好心情，我再帶你去見「瀑風」。慢慢來吧。』

首席標記師起身走出門外，留下他一人在這寬敞又空蕩蕩的房間內。不論是溫柔抑或冷漠，男人皆收放自如，展現的時機也十分適切。

千萬思緒在腦中奔騰著，讓亞爾曼感到暈眩，想扶著桌緣維持平衡，雙手卻抓不穩，整個人直接癱坐在地毯上，他渾身發麻，痛苦地喘著粗氣。

王室鬥爭這種事，就算再怎麼快解決，也得花上數年時間，而這段時間——自己都必須過著時時提防、只能想辦法獨立自保的生活方式嗎？

要怎麼跟艾恒說？愛斯特呢？他們會有什麼反應？

我又……接下來要過上什麼樣的生活？

亞爾曼抱著雙膝，茫然地看著天花板上的華麗燈具，這個他本該有機會享受的住所，如今卻成了他沒有資格嚮往的地方……

為了忍著不讓淚水落下，他索性停止了思考。

『你不能答應——』

艾恒聽了事情的始末後，雙眼憤怒地瞪大，露出如亞爾曼所料的反應。

當亞爾曼來到艾恒的住處後，宮廷派來的人很快便告辭了，就像是要將剩下不多的時間留給兩人，仔細想想，亞爾曼會被送到這裡居住，想必也是首席標記師的貼心安排。

於是當艾恒提議出去逛街的時候，亞爾曼婉拒了，並向他訴說王室的安排。

留點時間讓亞爾曼能與親友好好地告別，就是首席標記師的意思吧，畢竟事態嚴重起來，亞爾曼可能再也沒機會見到重要的人——從首席標記師的話語中，他也理解到這點。

「我不能拒絕。」亞爾曼輕聲說。

「沒有什麼能不能的。」艾恒激動地瞪著他。「你被安排去哪？反正我也早就想四處旅行了，我可以和你……」

「不行，我只能自己一個人去。」

「就當作巧遇總行了吧？」

「艾恒，如果我跟你頻繁接觸，王儲可能會注意到我們的關係，並且利用你。」

亞爾曼搖搖頭，疲憊的口氣像是一瞬間老了好幾歲。

『別管那一群白痴了，只是朋友見面，哪來這麼多問題！是你太多心了！』

亞爾曼抬眼思索，忽然平靜地開口說道：『我喜歡同性。』

『嗯，喔。』艾恒才剛低下頭，卻又驚訝地抬頭看向亞爾曼。『啊？』

『感覺噁心嗎？』

『不。但你、這時候說這個，你該不會是想說你喜歡我吧？』

亞爾曼靜靜凝視著艾恒，彷彿過了一輩子那麼久，才再次開口。

『我是說喜歡同性，又不是說你。』

『呃、不對，明明是你太突然了……』艾恒的臉尷尬地扭曲起來。『不過我對性別與外表沒什麼想法，反正都是皮囊罷了，不管你喜歡上誰，我都不介意……』

『我只是要告訴你——如果我跟你走得太近，旁人也容易誤會的。王室的心思與你我不同，更加莫測複雜，我如果不想多一點，要怎麼避免你跟愛斯特被牽連進來？』亞爾曼悠悠說道。

看著那過於平靜的臉龐，艾恒感覺自己的反應像是小題大作，於是困擾地抓著自己的頭髮，努力思考其他辦法，卻也漸漸從亞爾曼的臉色中感受到絕望。

『該死，真的只能這樣嗎？』艾恒不甘心地低喃。

『只能這樣。』

『不，亞爾曼，我還是覺得你別輕易妥協，我們可是魔法師……』

『你覺得我在妥協嗎？』

『不然呢？』

『這不是妥協。』亞爾曼用一抹微笑堵住艾恒的抗拒，『——是接受。』

艾恒刷白了臉，嘴角卻不自主地冷冷上揚。

『你是故意的嗎？亞爾曼。』

『你說呢？』

『……我沒什麼好說的。』艾恒轉過頭，語氣淡漠，『隨便你吧。』

他們之間沒了話語。

事後，亞爾曼坐在房間的鏡子前，靜靜打量著自己的臉，從飯局結束到現在，他還是那副從容微笑的模樣。他用魔法控制得很好，沒有崩潰，就連艾恒也察覺不到異樣。

他正想解除魔法控制，到臉頰邊的手卻又停頓了。

亞爾曼看著那張臉，許久後，將手收了回來。

他決定保持這個模樣就好。

『這就是你，亞爾曼。』

亞爾曼貼著鏡子呢喃，逼自己記住此刻臉上的表情。

『這就是你的聲音。是你想要的。』

第六章　海的聲音

夢見了以前的事，只是這樣而已。

亞爾曼扶著自己的額頭，從漫長的夢境中逐漸回神。

或許是這個地方勾起太多回憶，就連夢也是又長又沉，宛如帶他重新走過一遍人生，以及他本以為忘卻的過去。偶爾，在這股惆悵的心情中醒來以後，會讓他特別渴望抱著誰，藉由肌膚接觸稍微填補內心的空洞。

並不是痛苦，而是像無法甩脫的慢性疾病，只能喝碗湯藥緩解。就只是這樣，二十幾年的時光過去，那些哀愁也早已隨著時間淡化了。

現在的亞爾曼並不是「無可奈何」，僅僅是「習以為常」。

他翻了個身，少年沉睡的身影頓時映入眼簾。

亞爾曼笑了起來，看著那張俊美的臉龐，心情立刻舒爽多了，美麗的人就是這樣，光是看著就能被療癒，有時他照著鏡子也有這種感覺。不過伊拉的美與自己不同，一半的他帶著成熟與陰鬱，另一半卻還散發出少年時期獨有的純樸，像一片蔥蔥郁郁的新生山林，懵懂、青澀、誠實地反映出這世界的樣貌。

光是像這樣貼近，就能感受到魔法在他身上遍布的痕跡，隱晦卻紮實地存在著。這樣美麗又獨特的孩子，實在難以令人討厭。

亞爾曼也說不清自己究竟被他哪一部分吸引了，是如同魔法般美妙的身軀、誘人保護的脆弱眼神，抑或是兩人透過艾恒連繫起來的命運……

「唔……」

伊拉發出模糊的呻吟，讓亞爾曼聽得心癢起來。

「醒了嗎？」亞爾曼伸出大手將少年攬入懷中，手貼在他的腰上輕輕搖晃，以飽含柔情的低沉嗓音說道：「伊拉，早上了。」

「嗯唔？」眼前的少年總算睜開眼，迷濛地盯著亞爾曼。

「真是的，就連半夢半醒的模樣也是那麼可愛……」

「哈啊？」少年似乎清醒了幾分，雖然仍維持躺著的姿勢，但已自然地擺出那副死魚眼，困惑地瞪著亞爾曼。

「咳嗯——早，艾恒。」亞爾曼將抱住少年的手閃電般收回，來到臉側梳開金色長髮，假裝在打理自己的儀容，一邊坐起身子，裝作若無其事。

少年卻坐了起來，瞌睡般點點頭，然後又陡然驚醒，勉強撐開眼皮迷茫地望著前方，困倦地說：「老師……要出發了嗎……？」

「咦？」一旁的亞爾曼笑容僵硬，錯愕地聽著那柔弱的嗓音。

是剛剛看錯了嗎？

他還以為醒來的人是艾恒，但是眼前的人更像是伊拉？

「老師……？」只見少年側頭過來，睡眼惺忪的模樣。

「嗯、啊。是該起來了。」亞爾曼沒有將內心的困惑說出口，畢竟眼前的人已經毫無疑問的是伊拉，何況，他也不認為伊拉有辦法解釋自己所見的狀況。

就在他還沉浸在思緒中的同時，少年鑽入他的懷裡。於是亞爾曼看向少年，只見他似乎已經完全清醒，星辰般閃爍的雙眼直盯著亞爾曼瞧。

「那我想……好好地和你說一次早安。」伊拉勾起脣角，眼眸中倒映著亞爾曼的臉龐，彷彿容不下其他。「早安，老師。」

被那樣的眼神觸動，亞爾曼忍不住再次摟住少年的腰，俯身湊近他。

「早安。」這句問候是貼在伊拉的脣上說的。

亞爾曼決定暫時忘卻剛才發生的事……專注在接下來他們抱在一起之後的事。

他們臨走前，亞爾曼重新鎖上那扇老舊的門。

伊拉看著男人的舉動，不曉得為何有種感覺，那不是單純的上鎖，而是在正式與這個地方訣別。雖然辛苦開墾的農園荒廢、小徑也被雜草掩蓋，但房子仍好好地佇立於此，與其說是廢墟，更像是融入自然中的墓碑。

「請問，愛斯特老師後來怎麼了？」伊拉下意識也用老師來稱呼愛斯特。

「後來老師身體越來越差，卻仍拒絕宮廷派去的人，於是宮廷破例讓我回去照顧愛斯特，大概一年後，老師平靜地走了。」亞爾曼微笑著轉身離去，「後來想想，愛斯特應該是故意那麼做的，也多虧了她，我在那一年中稍微找回了屬於自己的平靜。」

「那麼重要的人……」伊拉揪著心低語。

「怎麼了？」

伊拉重新抬起頭，哀傷地看著亞爾曼說：「老師，為了能夠睡在地上，我們把房子弄成那樣……要把傢俱挪回去嗎？」

「不必了，那樣就好。」

「可是……」

伊拉默默跟在亞爾曼身後，不知道該怎麼說明內心的歉疚。

如果能夠恢復原狀的話，至少能讓屋子就跟亞爾曼印象中的一樣美好，而不是像現在這樣倉促離去後，屋內一片狼籍。

他們就這麼安靜地走了一陣子，直到快要下山，亞爾曼忽然開口。

「我覺得那樣很好。」

「咦？」

「改變擺設的同時，好像那房子的時間又繼續流動了。」男人甩著長髮，露齒一笑，流露出發自內心的喜悅。「而且，能夠在那裡增添新的美好回憶，我覺得不論是自己或是已逝之人，都是很美好的事情。」

「美好……」伊拉的臉不禁紅了起來。

「喔，難道不美好嗎？」

聽出男人語氣中的揶揄，伊拉決定不接招。「我只是想到都是我在打掃。」

「啊——沒錯沒錯，那確實也是很美好的回憶。」亞爾曼頻頻點頭認同。

伊拉彆扭地別過頭，卻又忍不住偷偷牽起亞爾曼的手。

男人雲淡風輕的表情，以及溫柔講述過往的口氣，都讓伊拉欽羨不已。或許是那副模樣實在太過耀眼，他感覺自己內心又在動搖不安，彷彿連陰影面也隨著亞爾曼的光芒變得深沉起來。

能在老師身旁待多久呢？

自己還能堅持多久？就憑這副樣子，又能奢求從老師身上得到多少救贖？

伊拉好想將內心的情感全數傾訴出來。

並不是為了得到回應，只是想要確實地讓亞爾曼能夠聽見罷了。

「怎麼了？」亞爾曼輕捏伊拉的掌心，像是在確認些什麼。

伊拉看著他。

不只是喜歡而已。

我愛你，我的人生可以完全屬於你。

從靈魂深處一面倒地響起相同的聲音，不斷喊著你的名字。

亞爾曼．昂傑——你才是我的「魂名」。

「我……」

「就快到敦亭了，你會緊張？」

「不是的，我只是……一直以來，聽見過不少聲音。」伊拉深深吸著氣，又接著說：「那些聲音不論我想或不想，總是充斥在耳邊……不過在認識老師之後，我發現，老師的聲音在我耳中最清楚、響亮。我喜歡那種感覺。」

「這樣啊。」亞爾曼帶著笑意瞇起雙眼。

我在說什麼啊？

伊拉垂頭自嘲一笑，只能繼續緊抓著那隻手。

他們換了張臉進入敦亭，追捕的消息似乎尚未傳來這裡，所以關口的守衛並沒有嚴格審核，確認了來意後便放行，讓後頭綿延不絕的隊伍趕緊前進。

敦亭不論是人口、貿易流量或城鎮大小都是數一數二的大城，由於建在河口與海岸的交界處，因此水路交通也比其他地方發達許多，但海域經濟也是最近才穩定下來的，因此，敦亭的興盛可說是才剛要起步。

這裡的建築風格與首都相似，看似用了紅磚，不過仔細一看還是能發現房屋多半以海邊的岩石建成，只是另外漆上相似色彩的顏料，面海的牆上僅有一扇人頭大小的觀浪窗。房屋沿著海岸與河流地形而建，道路也因此雜亂難辨，走在城市裡特別容易迷路。

伊拉雖然聽說過海，也見過海的畫像，不過倒是第一次真正看見海。

商人多半集中在漁港跟主要的市場，只要遠離那些人潮聚集的地方，就越能感受到敦亭的幽靜之處。

「老師，你說的標記師住在哪？」

伊拉頂著一張少女的臉，驚豔地看著遠方海景。

身旁男人則換了張其貌不揚的面孔，讓人不論看過幾遍都無法記住那模樣，害伊拉這段路上險些跟丟好幾次。

「你進來時，有看見在這座城裡最高聳、巨大的建築物吧？」

「領主的城堡？」伊拉就算現在往前看，也能在成排低矮的建築物中望見那巨大城堡的塔頂，上頭沒有旗幟，卻有著華麗的裝飾，看起來威風凜凜。

「是那位標記師的城堡。」

「咦？」

「不過她平常很少住在那裡，所以直接去海邊找她比較快。」

「有那麼豪華的城堡卻不住？」

「不是她想要，是現任領主免費送給她的，不過從前任領主就在建造那座城了。畢竟敦亭這個地方，可說是因為『黑水』才能夠存在，所以身為『三代』的她同樣很受敬重。」

「老師，我們要找的到底是哪個標記師？」

「唔，這個嘛——還是直接見見本人比較快。」

亞爾曼帶著伊拉來到海邊，不是有漁船聚集的海口，而是更為偏遠，就像是刻意避開人群、也禁止遊客隨意闖入，躲藏在黑色岩群後方的小片海灘。細細白沙在陽光下曬得火燙，卻又被漲潮的浪花捲走熱度，僅剩一地清涼，彷彿海洋的贈禮。

亞爾曼往前走了幾步，足踝泡入海中，他將手伸進水裡喊了道魂名。

不久後，海面有了動靜。

一顆巨大的泡泡突兀地自水中浮起，漂到距離亞爾曼約五步時瞬間破裂，伊拉這才發現泡泡裡竟然有個人。

她留著一頭很長的藍髮，甩動起來就與海浪一樣。讓人訝異的是她看起來大約才十六、十七歲，穿著單薄的白色洋裝，濕濡地貼在曬成麥色的肌膚上。

她的眼睛似乎藏著古老的歌謠、藏著神祕與智慧，炯炯有神的目光彷彿能看穿一切，伊拉被那沉靜的雙眼震懾。

直到她開口說話。

「來得不算快，也不算慢。」她撥著長髮，同時也撥去身上的海水，恢復一身乾爽。「亞爾曼，這次的鮭魚好吃嗎？」

原來那條魚就是她送的！伊拉張大眼，差點大叫出來。

「謝謝招待，很美味。」亞爾曼不曉得何時恢復了原本的容貌。

「我推薦醃漬生魚肉，是敦亭特有的料理方式，建議在走之前起碼得吃一次。」她雙手環胸，說話的口氣完全沒有久違見到故人的激動，好像只是在跟鄰居閒話家常。明明是在敦亭備受禮遇的標記師，樸素的打扮卻活脫是個漁家女。

「知道了，我會試試看。」

「我不是說你。」突然，女孩轉頭看向伊拉。「我是說『瀑風』艾恒。」

「我、呃……您好……」突然被點名的伊拉一時反應不過來。

「你似乎比我想像中更有禮貌？」女孩平靜無波的臉龐在此刻產生一絲困惑。

「凱決，那不是艾恒，他是伊拉。」

「啊。難怪了。」

父親究竟是有多惡名昭彰啊。

伊拉甚至能感受到女孩眼中濃濃的審視意味。

「伊拉，我重新介紹一次吧，她是『黑水』標記師的孫女，也是繼承了『黑水』稱號的第三代魔法師——凱決，是少數以血脈繼承標記能力的大魔法師。」

「不是少數，是唯一。」凱決平靜地指正。「我的祖母與母親研究這片大海，將惡水改造成能夠平穩出海的地方。換句話說，你能不能安全出海，全都仰賴我們的魔法。」

伊拉驚訝得屏住呼吸。

因為凱決微微仰頭，以冰涼的手牽起了他。

「之後的事就交給我吧，現在——請你立刻跟亞爾曼告別。」

說完，女孩露出一抹高深莫測的微笑。

伊拉打了個冷顫，他是不是感受到一絲敵意？不對，那應該是針對「艾恒」的冷漠吧？

少年正想開口，卻被亞爾曼輕輕按住肩膀。

「凱決。事實上，我可能也得麻煩妳了。」亞爾曼勾起微笑。

「什麼?」凱決的雙眼微微睜大,平淡的表情立刻多了幾分訝異之色。「為什麼要走?你又沒有理由離開這個國家,國王終於要駕崩了,你期待的自由也——」

「別用那種失禮的說法。」他眉頭一皺,指的自然是針對國王的那句話。

凱決立刻靜靜地撥弄長髮,臉上的表情卻寫滿不以為然。

「好吧,不管怎樣,今天沒有船。要走也得等上兩天。」凱決悶悶地說:「這個星期正逢豐收節,城裡都在忙著慶祝,所有船暫時不會出航,你們離開反而顯眼。先到我的城堡避避風頭吧。」

「那座大城堡?」伊拉訝異地問。

凱決聞言忽然露出甜美燦爛的微笑,可能還參雜著幾絲得意之情。

「那裡有專業的雇傭兵,迷宮般的房間與長廊,還有直通海岸的通道,就連王室的人要來訪也得和守衛打聲招呼,你們大可放心——想讓誰來、想讓誰走,都是我『黑水』的自由。」

伊拉被那過於自信的態度嚇得說不出話來,他沒想到有哪個標記師能這麼明目張膽地表現在王室之上,伊拉抬頭看著亞爾曼,像是要尋求確認,只見亞爾曼點了點頭,表情還是一貫地沉穩。

「既然妳這麼說，那就有勞妳了。」

她墨藍色的雙眼開懷地瞇起，立刻轉身帶路，赤腳走在海岸上，彷彿不怕滿地碎石與銳利的貝殼，接著走入一個洞穴，他們走了一陣，果然連結到一條格局方正的石製地道，裡頭意外地乾淨明亮，不僅沒什麼蛛網與灰塵，牆壁兩側還插著火把照明，她走到通道盡頭的一扇門前，同樣是標記師才能開啟的特殊鎖，她輕聲唸出魂名後推開門，富麗堂皇的城堡就出現在眼前。

門推開後是一片小型的花園，這裡的花草看起來不像沿海植物，而是從各地搬來的珍奇花草，按照顏色鋪成一條彩虹通道，想必也是領主用來討好標記師的設計。穿過花園，他們見到守在花園入口的兩名傭兵。

「歡迎回來，『黑水』大人。」

「嗯。」走在前頭的凱泱看了看守門的傭兵，接著說：「今天有客人上門，城堡不開放了。」

「明白了。」守衛們聽從地退下。

此時，一名年輕男子走了過來，他的肌膚偏白，黑色短髮整齊服貼，容貌看起來只比凱泱大幾歲，身上穿深藍色刺繡背心與長褲，裝飾用的長腰帶隨著步伐擺動，打扮比凱泱正式得多，就連見面問候的禮節也十分到位。

「雷克藍，街上情況如何？」凱泱淡淡地問。

「還算順利，妳要的船隻我也在準備了。」

「王室那邊呢？」

「我們很幸運，士兵比亞爾曼提早來敦亭找人，所以我把他們指引到別的城鎮上了，雖然他們大概很快又會回來，但起碼能多拖延三天左右的時間。」

凱泱轉頭向金髮男人確認，「這樣可以嗎？亞爾曼。」

「沒有問題，謝謝，妳幫了大忙。雖然我能給的東西並不多，但請務必讓我回報你們。」亞爾曼拍著自己的胸口，像是鬆了口氣。

「既然這樣的話，雷克藍剛好有些魔法的問題想要請教你，畢竟你也很了解藥草，他很想知道有些藥草是否能與你的專長結合。」

「喔，是哪種藥草？」

雷克藍不自在地看了凱泱一眼，接著露出淺淺的笑容，直接站到亞爾曼身旁。

「我想想，除了權杖薄荷，還有金魚冠、秋芷與一些直接作用在肌膚上的藥草……我的想法是……」

他們就這麼當場討論起來，伊拉愣愣地聽著那些陌生的藥名，忽然被凱泱扯了扯衣角。「他們會聊很多無趣的話題，跟我來吧，給你看個東西。」凱泱小聲說著，動作帶著幾分強硬，伊拉看了一眼背對著自己的亞爾曼，又看了看那面無表情的女孩。

應該沒問題吧？伊拉吞著口水，在女孩招手催促下跟著她離開。

凱泱帶著他繞繞轉轉，最後走上一座螺旋樓梯，來到城堡最頂端的高塔。高塔內的房間並不大，但是伊拉一進去就嚇傻了眼——滿地都是寫了字的皮紙，把這個十坪不到的小空間堆到難以行走，其中還有一份卷軸擺在桌上，那份卷軸特別長，立起來比一個成年人還要高。除此之外，塔頂的視野特別好，凱泱伸手推開木窗，那半個人高的窗戶正好面向大海，能夠看見最遼闊的藍色景緻。

「哇、噫呀……」伊拉看著地板，不知道該把腳放哪裡。

「不要緊，你可以把那些羊皮紙隨意踢開。」凱泱迎著海風坐在房間唯一的桌椅處，端詳著伊拉緊張的反應。

「這些是什麼？這……魂名？」伊拉還是堅持先將皮紙收進懷裡才敢前進，然而，皮紙上的字讀起來有些眼熟，與他讀過的魂名冊很像，但都不是他見過的魂名。

「與海有關的魂名全都在這裡。」凱泱晃著腳丫，說起這句話時，臉上浮現一抹少見的柔和。「你看到的那些都是海洋中的生物與植物的魂名，而海水的魂名在這裡。」她拉開那張特別長的卷軸，上頭密密麻麻寫滿了字。

「那是海水……等等，難道這一整卷都是『海』？」

「就是海。而且，這才只是解讀不到一半的魂名。」她的手輕輕撫過紙面，像在安撫熟睡的嬰兒。「是我們『黑水』三代費時解讀下來的成果，很了不起吧？新來到敦亭的標記師，我都會帶他們來這個地方，也算是代替我的家人打聲招呼。」

「我、我其實不是標記師。」

「我知道，但你就算特例吧？要看看嗎？」她將卷軸交給了伊拉。

他看著上頭的內容，確實被深深震撼了。看得出來整份手稿由不同的字跡完成，通常魂名的唸法，從兩個音節到無數個音節都有，端看事物的複雜程度。雖然他不知道「黑水」是以什麼樣的脈絡記載這份卷軸，但這上頭起碼寫了將近千字。或許是習慣被亞爾曼出作業的緣故，當他看著那些字時，嘴裡竟下意識讀了起來，而他才唸了開頭的幾個音節，便感覺一陣低沉的聲響在腦中變得特別鮮明，就像是從千萬縷絲線中抽出了那條特別粗的線。

接著他彷彿聽見大量的泡泡在耳膜邊破裂，一瞬間蓋過了其他聲響。那聲音過於巨大，也特別沉重，將伊拉不斷往下壓，這僅僅是魂名的開頭，大海連回應都不算，就只是一聲招呼般短暫，他卻覺得自己的精神已經要窒息了。

我從來沒聽過這種複雜又奇特的聲音。

伊拉驚訝地止住了嘴，卻沒想到眼前的女孩更加驚訝地瞪著他，接著衝向窗邊看著海岸線，又連忙轉回來瞪著伊拉。

「你？」

「唔唔……好暈……天啊，您真的很厲害，竟然能夠解讀大海到這麼深入的程度。」他扶著有些暈眩的額頭，一手將卷軸還給女孩。

「等一下，你能標記？」她張著大眼低聲問。

「不，我最多只能唸到第五個音節，就已經不太行了。」他尷尬地笑了笑。

「伊拉，我的意思是，你聽得見？」她的聲音急促起來。

「是？」他這下也愣住了。因為眼前的女孩表情忽然變得十分恐怖。

「你真的聽得見？」

「聽是聽得見，但如果沒有靠妳寫下的字特別去辨識，那就跟其他事物一樣只是團混亂的雜音。」

「還有其他聲音？什麼聲音？」女孩驚慌失措地追問。

「一、一直都有啊。」伊拉這下也感覺到不太對勁了。「這樣不對嗎？亞爾曼老師說萬物都有自己的魂名，所以應該都能聽見……難道不是這樣嗎？」

女孩大步走向伊拉，繼續用那雙大眼死盯著他。「你什麼時候聽得到那麼多聲音的？幾歲？」

「從我懂事以來——」

「你在開玩笑嗎？」女孩的聲音不大，卻明顯嘶啞。「沒有人可以標記這麼多種類型！就像我擅長標記海洋、艾恒標記風，除此之外，我們很難再去標記其他同樣複雜的事物，你卻……！」

「咦？」伊拉被那氣勢震懾，不自覺往後退了一步。「但是……不、應該是誤會吧？何況即使我能聽見，卻也沒辦法像您那樣深入標記，我想這應該也是您所謂的『不擅長』吧！」

「是這樣嗎？但你那樣驚人的天賦……簡直就是……！」凱泱瞪著他喘息，雙手險些把手中的皮紙捏爛。

「肯定是誤會——亞爾曼老師在教我的時候什麼都沒有說，也沒有奇怪的反應，這就表示我沒有什麼驚人的天賦啦！肯定是這樣！」伊拉也不曉得自己為什麼要這樣安撫凱泱，但是看著她激動的反應，讓自己也緊張起來。「您、您才是比我偉大許多的魔法師，真的！」

女孩忽然回神說道：「喂，你幹嘛用那種奇怪又彆扭的敬語？」

「對不起。」伊拉本能地道歉。「凱泱……小姐？凱泱大人？」

「好吧，看來你真的不是『瀑風』。」凱泱吞著唾沫，似乎重新冷靜下來。「叫我凱泱就好了，我不喜歡標記師之間還有著輩分之別。」

「但我不是……」

「我說了，你是特例。」凱泱毫不避諱地直視著他，這次，眼中有的不再是淡漠，而是一份同伴似的認可。「況且，在我心中，你已經是標記師了。」

伊拉沒想到會獲得如此高的評價，因此羞紅了臉。「唔！」

「你幹嘛一副要哭的樣子？」

「呃不、我只是心想妳人真好，我本來對標記師們有些害怕，不過自從認識亞爾曼老師以後，就覺得你們都是……很令我佩服的人。」伊拉垂下頭，沒有對上女孩的目光。

凱泱苦笑起來，「畢竟你跟在『瀑風』身邊，肯定只會對標記師留下奇怪的印象吧。」

「父親的風評到底有多糟糕啦？」伊拉欲哭無淚地問。

「他啊，就是個讓王室頭痛的頑劣分子，不理會王室分配的任務、數次乘風試圖跨越國界、還總是對王室的傳訊兵惡言相向──」凱泱冷眼瞪著窗外，一腳不悅地拍打著地面。「而且我到現在都記得，在我六歲生日第一次見到他時，就被他的風捲進大海裡。還說什麼『這麼喜歡大海就早點進去』之類的話。」

父親啊啊啊啊！

伊拉崩潰地遮起臉，他已經無地自容了，真想當場跳出窗外！

「請容我替父親跟妳道歉嗚嗚嗚……！」

「嘻嘻，你果然跟亞爾曼形容的一樣可愛，害我都開始有點喜歡你了。好吧，我接受你的道歉，不過我也想開個條件──伊拉，我可以當你的朋友嗎？」

朋友！他倏地睜大雙眼，差點一口氣吸不上來。

他從來沒有交過朋友，而且還是跟地位如此高、本該遙不可及的大魔法師！這真的可以嗎？他有這種資格嗎？

「你不用想太多，願意或者不願意，只要思考這件事就好了。」凱泱似乎也明白他在想什麼，於是主動打破伊拉的沉默。

「我……願意。」

「很好，那麼，我希望能以朋友的身分，給你個建議。」她彎起眼睛，只是那雙眼原本像是平靜無波的海洋，現在卻藏著一股風雨欲來的危險。她略矮的身子湊近伊拉，近到能夠嗅到她身上鹹鹹的海味。

「建議？」他心生不妙。

「是的，我的建議是，你不應該逃走。」

「我——」

「聽我說，王國是唯一能接受標記師的國家，即使你順利到了別的國度，如果被人發現你是標記師，很可能會被當成異端審問，或是被捲入政治與戰爭之中。」

「戰爭……」

這個聽似遙不可及的名詞，觸動了伊拉的心弦。

他對這個字眼有印象，記憶中，有人也對他提過類似的事情。

「雖然現在相對平穩，但是國王一旦駕崩，局勢可能會開始變得不穩定。」她皺起眉頭，認真地凝視著伊拉，甚至輕輕握住他的手，那積極的態度將伊拉逼退到牆邊。

「你真的以為我們『黑水』治理海洋，只是為了漁獲嗎？當海象變得穩定之後，我們可以從海上出兵，若想要入侵其他國家也會變得更加容易。如果現在的平衡被破壞了，身為魔法師的你與亞爾曼，真的能在其他國家安然無事嗎？」

伊拉腦子亂哄哄地聽著。他其實並沒有想過凱泱說的這些事。

這些都是很真實的建議，但是，並不適用於「伊拉」，因為他——

「伊拉！」凱泱的聲音再次響起，打斷了他的思緒。

「啊……」

「留在這個國家吧，以你的能力，肯定很快就能成為正式的標記師。我可以幫你，只要我出手，國王肯定也只能接納你。」

伊拉的嘴拉成一條直線，他吞著口水，許久才開口吐出聲音。

「……妳要怎麼做？」

聞言，她咧起嘴，那過於甜美的笑容像是帶著巨浪，往伊拉身上撲來。

一瞬間，伊拉彷彿窺見了深深的海底——連陽光也照耀不到的絕對黑暗。

「你，想不想成為『黑水』第四代？」

等伊拉回過神時，他已經被帶到餐桌坐好，凱泱則親暱地讓他坐在身側。亞爾曼一臉困惑又擔憂地打量著伊拉，雷克藍則是臉色慘白，恨不得朝凱泱拍桌逼問的模樣，緊握著刀叉的恐怖氣勢高漲。

而凱泱似乎並不將這詭異的氣氛放在眼裡，依然故我地將菜餚添進伊拉的盤子裡，而僕人來來回回上菜的動作沒有停過，將那張十人大小的長桌瞬間擺滿，哪怕坐在這裡的只有他們四人。

「伊拉吃吧，這是眠菜卷、醬煮章魚、地震魚湯、珊瑚蛋煎餅，還有……」

「謝謝，但我自己來就行……」

「你不需要客氣，來，我餵你。因為我們是朋友嘛。」凱泱像是覺得有趣般張著小嘴，將手中的食物湊到伊拉嘴邊。

「喂，我說……妳怎麼一直黏著那男的不放？」雷克藍手中的叉子不斷顫抖。

「因為我跟伊拉是朋友了。」凱泱的雙眼閃閃發光。

「哈啊？」雷克藍的表情頓時誇張地扭曲起來。「凱泱，妳知道『朋友』是什

麼意思嗎？」

「知道啊，是『什麼都能要求、什麼都能做』的意思，對吧？」

「是『雖然喜歡，但不會親密接觸』的意思，請妳克制點！」

「不行啦，這個好拐的傢伙可是要成為『黑水』第四代的。」

「妳在說什麼啊，他才不可能成為四代……！」

「他可以唸到第五個音，我相信他。」

「少來了——什麼，真的嗎！」

啊，珊瑚蛋彈性的口感真好吃，地震魚的柔軟肉質清爽又美味，這就是來自大海的恩賜嗎？不得了啊……不需要太多調味，光是新鮮的食材就已經很足夠了……

伊拉默默挪了位置，縮在一旁感動地將食物塞入口中。

亞爾曼安靜地聽著聽著，面露驚喜地伸手摸摸伊拉的頭，開心說道：「原來你第一次就能唸到第五個音嗎？伊拉，表現好棒呢！」

「欸，我……？」伊拉吞下一大口菜餚，心虛地點點頭。

「你只有這點反應嗎？亞爾曼，伊拉不但能夠聽見各種魂名，甚至大多數的複雜魔法都能操作，而且是同時操作——這已經不是『好棒』的等級，而是奇蹟般的存在了。」凱泱皺起眉頭，對於男人的反應感到不解。

「嗯，在過來的路上我也漸漸察覺到這點了。」男人老實承認。

「既然這樣——」

「所以我決定謹慎對待，如果抱著不純的心態看待魔法，很可能會讓標記師走上偏路。畢竟，呼喚魂名是個與事物溝通的機會，但過程中並不只是包含控制而已……這就是我為什麼不打算強調伊拉的特別。」亞爾曼無奈地揚起嘴角，「如果被外界的評價影響了看待事物的初心，就無法真正了解魔法。」

「亞爾曼，你在這方面特別古板呢……」凱泱無法理解地評價。

「在成為頂尖的標記師之前，先成為一個良好的人，才是更加重要的事唷。」

「古板！」

亞爾曼似乎並不介懷，反而大笑幾聲。

伊拉則帶著驚訝的表情看著他——難怪他會故意等自己清醒再治療傷口，在小屋時也刻意逼他使用各種魔法，亞爾曼就是隱約察覺到這點，才會故意測試他的能耐與極限？

「何況，對於伊拉來說，我倒希望你能先找回快樂。」亞爾曼低頭看向少年，

輕輕握住他的手，那眼神中的溫暖刺痛了伊拉。

難道老師一直都在替自己考慮？思考著怎麼做才能對自己最好？

他是真心的……認真在想著自己的事情——

一想到這點，伊拉連忙垂下頭，淚水不爭氣地掉了下來。

「耶？怎麼哭了？」凱泱訝異地瞪大眼。

「啊哈哈，好了，沒事。」亞爾曼似乎也理解少年的反應，於是摸摸他的頭，「不過凱泱，妳想讓伊拉成為第四代嗎？」

「呃、嗯。如果這樣的話，王室也能給他一席之地才對……」

「我倒覺得正好相反，妳應該也能想像，如果把伊拉推到檯面上，王室一旦發現他的天賦，肯定不會只讓他接手『黑水』的工作。」

凱泱沉默下來，露出認真思量的模樣。

「也就是說——伊拉反而會被王室盯得更緊、或是被要求研究其他稀有魔法，他們甚至必須確保伊拉的能力不會強大到成為威脅？」

「是的，我想那肯定不是伊拉與艾恒想要的結果。所以對於妳的提議，恐怕得說聲抱歉了。」

凱泱別過頭去，不明顯地暗嘆一聲。「……知道啦，反正我也只是說說的。」

晚餐後，他們被安排到一間舒適的客房，據說還有更豪華的客房是要留給王室成員過夜的，領主在興建城堡時連這點也考慮到了，可見「黑水」標記師的地位並非一般。只是相較城堡裝潢的華麗，凱泱的簡樸打扮倒是與這個地方格格不入。

真是個奇特的標記師。

不過，自己似乎也該習慣標記師們的特立獨行了。

伊拉一邊想著，一邊環顧房間，除了床、壁爐、桌椅、屏風後的澡盆這些必需品，擺設也應有盡有，還有一扇面向大海的窗戶可以欣賞風景。最重要的是，這個房間最靠近通往海岸的通道。

伊拉脫下披風，這才注意到擺在桌上的兩套新衣服，以及簡單的乾糧與行囊，方便他們隨時帶走。凱泱的心思終究還是細膩，讓伊拉內心又多了幾分感激之情。

「結果不是單人床啊。」亞爾曼站在床邊，說了這句。

「對、對不起！」

「伊拉為什麼要道歉？」

「都怪我在用餐時沒注意，說了那種話……」

當飯局到了尾聲，凱泱隨口說要給他們兩間房間，伊拉卻本能反應地回了「一間就好」。當時凱泱跟雷克藍都露出了難以言喻的表情，只有亞爾曼在一旁「哎呀」地笑了。

明明只是想說自己不習慣空曠的房間，擁擠一點、睡在地板上也很舒服……顯然，伊拉的回答在眾人聽來已經是別的意思了，加上亞爾曼完全沒有出聲否認，以至於凱泱看著伊拉的眼神竟然帶著微微同情。

『若非必要，我們絕對不會去打擾的。』

甚至還這麼說了。

凱泱，這句話實在太多餘了……

「你討厭跟我同睡一張床嗎？」亞爾曼歪頭看著伊拉，長髮如瀑布般垂下。

伊拉頓時紅了臉。

怎麼可能討厭，倒不如說，簡直開心到睡不著。

這番話他說不出口，只能輕輕搖頭。

亞爾曼笑盈盈地看著伊拉的反應，「那不就好了。」

「嗯……」伊拉僵硬地點頭。

接著他們久違地沐浴了一番，終於將身上的髒汙洗淨，伊拉穿著舒適的新襯衣，將窗戶打了開來，房內立刻鑽入涼爽的晚風，非但沒有濕冷的感覺，身上剛洗完澡的水氣彷彿也被風帶走了。

亞爾曼已經悠哉躺在床鋪上，聆聽著遠在街巷上的歡騰聲響，「豐收節啊……連這裡都能聽見聲音，明天有時間的話再去逛逛吧。」

「可以嗎？」

「反正都是等待，低調一點行動的話應該無妨。」亞爾曼頓了頓，忽然轉過來。

「——話說回來，你聽得見嗎？」

「什麼？」

「外頭慶祝的音樂聲。」

伊拉安靜地聽了一會兒，才說：「啊，這麼一說確實是有。」

「伊拉，你平常聽聲音是不是很辛苦？」亞爾曼指著自己戴著耳環的耳朵，「我是指，要分辨事物的魂名與人們說話的聲音。」

「老師連這點也注意到了嗎？」伊拉眨眨眼，緩緩走到亞爾曼身旁，盤腿坐在床邊的柔軟地毯上。

「原本是沒想到，不過自從了解你的情況後，我猜你每天的生活中，大概都充斥著無數種聲音吧……普通標記師平均能聽見十幾種事物的魂名，而你能聽見的魂名大概是一般人的好幾倍。」

「這、就是凱決說的奇蹟吧？」伊拉有些不習慣地喊著這個字眼。

「不過奇蹟同時也是沉重的，如果無法付出相應的代價，反而會被你口中的奇蹟壓垮。」亞爾曼垂下眼簾，接著又說：「由於太多魂名同時出現在你腦中，反而會混在一起，無法分辨，最後只成為無謂的雜音。」

伊拉咬著嘴脣，「……是的。」

男人打量著少年那張消沉的臉。

「過來吧，明明有張大床，就別讓自己坐在那種地方。」

伊拉看著他臥躺於床上，一手撐著頭，另一手則輕拍自己身前的空位。伊拉猶豫了一下，還是有些羞澀地爬了起來，小心翼翼地躺在亞爾曼身旁。

「學會魔法後，有比較能夠分辨那些聲音了嗎？」男人溫柔地問。

「以前聽不懂的聲音，現在開始能聽懂了。」伊拉垂下眼簾，「老實說，這種感覺很踏實。當我開始學習魔法後，明白了這些聲音的本質，便覺得……安心。」

「會越來越好的。」亞爾曼滿意地笑了，「或許終有一天，你能解讀所有魂名，但那並不是為了別人，而是為了自己——那是你與萬物之間的事，沒有人能夠置喙。明白嗎？」

伊拉似乎明白，卻又不確定自己真的理解了。

他茫然地望著床頂，只覺得亞爾曼的聲音好溫暖，比任何聲音都還要舒心，總能撫平他的不安。每次亞爾曼好像都能說出他最想聽見的話，與魔法相較之下，他的聲音更像是奇蹟。

「還有，就算凱決給了兩個房間，我也還是會偷溜過來跟你一起睡的。所以你以後不需要特地要求。」或許是要讓氣氛變得輕鬆起來，亞爾曼故意嘻笑說道。

「哇啊，這就是成年人的智慧嗎……」

面對伊拉直率的反應，亞爾曼更加開懷大笑起來。

而聽著那笑聲，伊拉感覺自己全身都酥麻起來。他著迷地看著亞爾曼的表情，其他聲音都顯得不再重要了，他只想聽從內心的聲音，做他從進來房間以後就一直想做的事情。

如果是老師的話，肯定不會拒絕吧。

「老師……」

「嗯？」

「我可以……抱你嗎？」

他側過身來，表情帶著渴求。

男人彎起眉眼，聲音變得很輕。「為什麼？」

被那樣一問，伊拉的理智瞬間回來了大半，他再度紅起臉，躲開亞爾曼的視線。

「呃、問我為什麼，我也……」

亞爾曼伸手抬起伊拉的臉，強迫少年對上那曖昧的視線，溫熱的氣息吹在臉上，讓伊拉暈眩不已。

「我是說，為什麼要問？」

伊拉頓時身體一熱，整個人像要炸開來似的。

「那、那我抱了……」

他低下頭，雙手輕輕環住亞爾曼的身軀，將臉埋進男人胸口。老師身上總是傳來好聞的藥草香氣，與他親手沖泡的藥茶一樣，光是聞著氣味就能讓人安心。伊拉深深吸著氣，整個人放鬆下來。

「這樣就好了嗎？」亞爾曼看著伊拉的反應，偷偷笑了起來。

「嗯？嗯……？」

亞爾曼的語氣曖昧極了，伊拉被那磁性的嗓音撩動了慾望，這才想起兩人連夜趕路，已經有好幾天沒有親密接觸了，他還以為老師沒有心情。

話說回來，兩人應該不算是在一起才對，但他主動抱了老師，現在老師又丟出這個問題，到底……算是什麼意思？他們是這樣的關係了嗎？他抬起頭，想要從男人臉上從容的微笑中找尋答案。

「難得有張舒適的大床，我還以為伊拉會更任性一點。」

果不其然，男人丟出再明顯不過的暗示。

或許是老師那份邀請太過自然，伊拉原本還想努力找理由說服自己冷靜下來，可當亞爾曼一開口，他幾乎是想也不想地吐出最誠實的答案。

「那……親、親？」

「可以唷。」男人低笑幾聲將雙眼閉上，故作等待的模樣更像是在挑逗。

可以？就這麼簡單？

伊拉感覺內心再次爆炸，於是紅著臉主動湊了上去，笨拙地貼著脣來回蹭了好幾下，親是親了，卻更加坐立難安，體內的騷動完全無法止息。

伊拉感覺下半身有了反應，連後庭都熱了起來，身體重新勾起被男人抱住的回憶，因此本能地發出渴求。他感受著自己的身體變化，頓時害臊不已。

「然後呢？」亞爾曼趁他動作稍停的瞬間追問。

老師也太故意了吧！伊拉滿臉通紅地瞪著男人，被激起勇氣，主動伸出舌頭，輕輕撬開男人的嘴，與亞爾曼索吻起來。

「嗯……」

舌尖交纏的瞬間，理智又飛走了大半。

無論是身上的氣味、口中交換的唾液、還是肌膚上浮起的薄汗，全都在傳達一道強烈的訊息，讓伊拉思緒紊亂，越吻越忘情，彼此都忍不住加重力道，連呼吸都快要遺忘了。

伊拉的胸口有什麼正在發漲。

好痛苦。

這感覺幸福得快要死了。

「哈啊……老師……」他輕喘著氣，嘴脣被吻得紅腫，上頭還沾著些許銀亮，看起來誘人無比。

「可愛的伊拉還想做什麼？」男人用脣輕點了幾下。

伊拉聞言對上亞爾曼的視線，意亂情迷的他，已經漸漸不想管老師是否故意在逗弄他，此刻他的腦中只想著老師的吻、老師的撫摸與插入，

反正老師肯定不會拒絕吧，對老師來說，無論是什麼要求都可以吧——

「脫……」他仍紅著臉，卻已經不再掩飾自己眼中的佔有慾，「我想要老師脫掉……衣服……」

「知道了。」亞爾曼坐起身來，將繫起長袍的腰帶拉開，脫下外袍後，將白色的內襯也解開，卻沒有同樣直接脫下，而是將襯袍敞開任衣領自肩頭滑落，露出他結實的胸膛。

在溫暖的火燈照耀下，男人的銀色耳飾折射出細碎的光芒，伊拉的目光從那銀飾來到鎖骨處，沿著光影細細欣賞肌肉線條，精壯的臂膀與胸膛，隨著男人的呼吸緩緩起伏。伊拉看得出神，手也不由自主地貼了上去，指尖爬過那飽富彈性的胸口。

「我還沒脫完呢。」男人的聲音低沉，讓伊拉聽得一顫，接著，男人溫柔牽起

他的手，引領他將褲頭的腰帶也解開，巨大的分身挺立於伊拉眼前，近得連脈絡都看得一清二楚。

伊拉吞著口水，或許是那震驚的表情太過誇張，男人馬上被他的反應惹笑了。

「現在呢……？」亞爾曼彎起眉眼，白色的襯袍還撩人地掛在腰上，他雙手按在床面上，慵懶地靠著床頭，像是在歡迎伊拉靠上來。

伊拉滿臉通紅地看著，他順著男人的暗示爬到身上，低頭輕吻男人的額際、臉頰、耳垂……

老師實在太美麗了——伊拉甚至找不到其他形容詞可以描述，那從骨子裡散發的自信與魅力，全都反映在男人舉手投足之間，成了引人上鉤的誘餌，讓人不由自主地想要獻出自己。

伊拉忽然一陣鼻酸。

這種心情或許已經超越「喜歡」，而是更加深刻，直接烙印在心底的念頭。

老師很溫柔，對誰都如此溫柔。

但伊拉也明白，那雙眼深藏的並不是與自己相同的感情，就算有，也肯定不是對著「自己」。

思及此，他的動作忽然猶豫起來。

「怎麼了？」亞爾曼的脣貼上伊拉的臉龐，帶著氣音說道：「你動作真慢……再拖下去，我就不讓你玩了。」

「我……」伊拉反而被那聲音嚇得收回手，「老、老師要睡了？」

「睡？先說清楚，我只有事後才裸睡的習慣。」亞爾曼的手開始在少年身上游移，接著用力一攬，讓伊拉被迫坐到他身上，腰肢也被他的手臂緊扣住無法掙脫。另一隻大手則來到臀部，想要脫下伊拉的褲子。

「老師——等等、我不要了！」伊拉情急之下慌張大喊。

「不要？」男人一愣，動作明顯僵止。「你確定？」

百分之百確定。

因為要是再做下去，伊拉不曉得自己會發生什麼事。他已經漸漸明白自己的心意了，但是在明白的當下，他也湧上更多貪婪與佔有的慾望——只是寫寫信、只是溫柔對待自己的話是不夠的。他會變得瘋狂，想要打從身心都被亞爾曼佔據，甚至想讓亞爾曼看著自己。

伊拉抽著氣，一想到自己可能會變成那副模樣，就感到害怕不已。

他原本只想著「這樣就好」。明明不打算奢望更多的——

「對……我、我還是不要了。」伊拉咬著嘴唇，努力壓抑內心的聲音。「老師如果想要解決，看你……能不能……自己來就好……」

亞爾曼的手停在伊拉身上，先是花了點時間思考這句話的意思，最後露出玩味的笑容。「伊拉，你是要我在你面前自瀆？」

「呃……」

亞爾曼眼神一沉，索性將大手探進伊拉的褲子，直接貼上那敏感的肌膚輕輕磨蹭，以掌心套弄著伊拉同樣漲大的性器。

「噢，還是說你想要我自己隨意來？瞧你的反應好像更合理些？」

「啊、不是……這個……嗯……！」伊拉搗起嘴，「請、請停下來……」

「為什麼要停？這樣太刺激了，嗯？」亞爾曼的指尖在鈴口處兜轉，輕鬆抹起一絲滑液，男人動作熟練地塗抹玩弄，惹得伊拉腰部陣陣酥麻，迫使他緊繃地弓起身子，即使遮著嘴，也還是忍不住發出呻吟。

「啊啊、啊……嗯！老師！」

看著伊拉扭動的模樣，亞爾曼舔著乾澀的嘴唇，將少年的身體換了個姿勢，讓他躺在床上，這次，亞爾曼輕鬆脫下少年的褲子，身下的他雙眼泛淚，手仍緊摀著嘴，看不出來究竟是在搖頭，還是單純因快感在顫抖。

「伊拉總是容易叫得很大聲，該不會連我剛才說了什麼都沒聽見吧？」亞爾曼手中繼續逗弄，不過貼心地放緩了速度。一邊欣賞著伊拉的反應，一邊將枕頭墊在少年身下，「乖孩子，躺好。」

「老師、我沒有要……哈啊……！」

「明明一直在誘惑我，怎麼還說不要？」耳環隨著男人的動作用力一晃。

誘惑?反過來了吧，不斷誘惑自己的人明明是老師才對。

伊拉眨著無辜的淚眼，感受著亞爾曼的手指毫無阻礙地進入，指節摩擦著壁肉，節奏有致地擠出水聲。

「啊、呀啊!我……」伊拉原本要辯解的話語化為喊叫，身體立刻沉浸於肉體的愉悅之中，唯獨胸口疼痛不止。

「喜歡嗎？」

「嗯嗯……」

男人的聲音不時在耳邊貼近，吹著氣讓他的耳朵都麻了，伊拉敏感地閉緊眼呻吟，乖巧點頭。

喜歡……當然喜歡。可是那肯定跟老師口中的「喜歡」是不一樣的。

他胸口緊揪著，身體卻反而湊向亞爾曼，配合他手指的動作抬起臀部，想要尋找能夠滿足自己的角度。

與他掙扎的內心相反，身體誠實的反應讓男人的動作更加深入，「伊拉，我可以進去嗎？」他將濕潤的手指抽出，改成將那碩大的分身抵在洞口，光是頂端摩擦到入口的皺摺處，就已經讓伊拉不禁叫出聲。

「啊……不、不可以……」

「真的？」亞爾曼勾起嘴角，「明明都自己吞了。」

「嗚……那是……哈啊、啊啊……」伊拉啜泣起來，伸手遮起自己沉醉的表情，反而使他的模樣更加誘人。表面上想要抵抗，身體卻不斷主動纏住男人，自己緩緩吞入陽具的樣子色情極了。亞爾曼看著也把持不住，體內的獸性被狠狠勾起，他壓低身子貼上少年，順勢將陽具挺入，隨著深入的程度，少年的呻吟也越發淫靡，緊緊絞著男人的分身。

「這也叫討厭？」亞爾曼喘笑著，一邊動作起來。

「不是……啊、啊……！」他失神地隨著節奏叫出聲，伸出雙手將男人摟住，像抱著唯一能夠支撐自己的浮木。「老師、亞爾曼老師……」

「伊拉，多叫一點……」

「嗚、不要……」

伊拉越搖頭，似乎就越勾起男人的興致，他還以為伊拉只是怕羞，不想被人聽見他們交合的聲音，畢竟少年嘴上喊著不要，目光卻開始渙散，一臉動情地扭著腰，好讓男人可以更加深入，那簡直不像抗拒，而是足以將男人理智融化的誘惑。

亞爾曼忍不住低下頭親吻少年，那瞬間，少年眼中的情緒似乎又變了，他眼角不自主地溢出淚水，表情徹底沉浸在亞爾曼給予的快感中，被插得呀呀叫著，連回吻的餘力也沒有。

「好可愛。」

「不、唔、不要……」少年雙手輕輕拍打，又像是要推開男人的肩膀，只是動作無力。

「不要什麼？」

「不要……不要親……」伊拉痛苦地皺著眉，哭著說：「會去……」

亞爾曼被那反應一戳，最後的理性也卸了下來，他目光一沉，將伊拉的手扣在頭上，接著再次壓著伊拉的身子親吻，這次的吻激烈卻深情，被男人那樣壓著，伊拉小腹泛起一陣熱潮，只能放棄思考，破碎地哭叫著，沒幾下便射了出來。

亞爾曼這才放過他紅腫的唇，將碩大的硬物緩緩拔出，那過程又讓伊拉顫抖地射了少許體液，男人看著他雙眼迷濛的模樣，呼吸還在紊亂，又伸手將伊拉軟軟的身子翻成側躺，將那碩大的硬物再次放了進去。

「啊、啊……」

亞爾曼沒有動作，先等伊拉歇息了會兒，調整好呼吸後，再以徐緩的動作重新抽動著，伊拉意識朦朧地任人擺弄，嘴也喊得口乾舌燥，但顯然已經沉浸在那餘韻不絕的快感中。

「這樣也不要嗎？」

「唔……」伊拉什麼都聽不到，連內心的抵抗也消失得一乾二淨，此時他腦中只剩下一個念頭，而那個念頭迫使他迎合亞爾曼的提問，溫順地抬起臀部。「要……老師……」

男人應聲抬起他一側大腿，側面的角度不止羞恥，也意外地舒服，每一下都能頂到伊拉敏感的點，令他的身體止不住顫抖，隨著那更加強烈的快感拚命喘息，飢渴的慾望再次被滿足。

好舒服，好喜歡……

他甚至忘了剛才在糾結的煩惱，放縱享受男人的動作，房內出奇地安靜，只剩下兩人交合產生的水聲。

沒有魔法、沒有任何多餘的聲響、也沒有其他人，僅有著那個喊著自己名字的男人。伊拉一想到這點，身體又開始變得燥熱，當男人在他身上達到高潮的瞬間，他感覺自己也跟著又洩了一次。

「嗚……」

接連高潮了兩次，伊拉只能將自己的頭埋進枕頭內，疲倦地啜泣著，渾身痠痛的他同時也感到滿足。

「還好嗎？」亞爾曼繞至床邊，彎腰來到伊拉面前，一手溫柔地撥開伊拉的頭髮，他又恢復那溫柔的語氣，像以往那樣寵溺地將少年抱在懷裡。「累了就睡吧，剩下我來清理。」

伊拉虛弱地側躺在床上，看著男人身上還半披著衣袍，金色長髮撩至耳後，肌膚上還帶著汗珠與交合後的黏液，伊拉看著心生著迷，竟下意識將頭湊了過去，小舌攀上男人氣味濃烈的私處，將上頭沾染的體液一口一口舔盡。

「唔……伊拉？」男人愣在床邊，不過很快地恢復那抹柔情，安靜地看著伊拉緩緩地繞著根部吸啜，等到全都清理完畢後，伊拉舔了舔嘴角，將那氣味濃郁的唾沫吞入咽喉。

「這樣還有嗎，老師？」伊拉迷糊地笑著。

「你別勉強。」

「等一下，還差一點……」少年注意到男人頂部又分泌出少許，便再度湊上去舔拭，不時張口將頭部吞入，那舉動與其說是清理，更像是被私處的氣味誘惑，他腦中或許是想起其他學徒對亞爾曼做的事，於是也笨拙地模仿起來。

「伊拉。」亞爾曼的聲音再次低沉。「你這樣，又得清理一次了。」

「嗯……」

那回應聽起來並不像反對。

他們的身影再一次重疊，墮落。

早晨，當少年醒來時，他只覺得頭痛欲裂。

他不曉得離上次清醒又過了多少時間，記不起年月。他摀著臉坐起身來，才發現自己睡在地板上，只是柔軟的地毯觸感讓他沒注意到這點。

壁爐內的柴火已經燒得只剩餘燼，不過天正好剛亮，也不需要仰賴火光了，他渾身酸疼地站起來，抓緊身上鬆垮的衫衣，來到房間唯一的窗邊，視線正好對上閃閃發亮的海面，海鳥的叫聲在空中盤旋，浪潮拍打港岸的聲音遠遠傳了過來，他立刻明白自己在哪。

只差一步了。他想著。即使中間有好幾次，他試圖想要佔領意識，卻又被硬生生地壓回黑暗中，只能持續等待。

以往，他可以很輕鬆地支配這具身體，在他想要的任何時候使用，可是最近「甦醒」的阻力越來越大，他隱約感覺得到，有人彷彿想告訴他——別出來。

他捏緊拳頭，對這種經歷感到頗不是滋味。

畢竟他無法看見伊拉的記憶，也不曉得發生了什麼事，加上每次一醒來就是陌生的地方，讓他總是焦慮不已。突然被剝奪了人生的感覺，總是特別討厭。他嘆息一聲，煩躁地抓著自己的後腦勺，打算換件衣服出門走走，搞清楚現在的情況。

他走回床邊，發現找不到自己的外衣，繞了半圈才發現衣服和被子一起凌亂地放在床上，他伸手抓起，卻總覺得哪裡不太對勁。

「……嗯？」

「喔，醒來了？」亞爾曼的聲音從門口傳來。

他轉頭看向那男人，只見亞爾曼打著哈欠，漫不經心地走進房來。

「喂你……」

「艾恒嗎？」亞爾曼從那稱呼方式迅速捕捉到少年的身分，於是逕自開口說道：「我們到敦亭了。今天是豐收節最後一天，過了今天，船就能航行，我們便能趁機作為掩護離開這裡了。」

「我們？」艾恒眉頭一皺。

「有什麼問題嗎？」

艾恒低頭看著手中的外衣，沒有回答亞爾曼的提問，或者說——他不確定要先回答那句話，還是要提出新的疑惑——為什麼他們兩人會共處一室、衣衫凌亂，而且上頭沾染著異味？

「對了，既然是慶典的最後一天，你應該會有興趣看看？」

「啊……？」艾恒回過神來。

「你有在聽嗎？我記得你不是說過，你挺喜歡這裡的水燈儀式。」

「是嗎？」艾恒困惑地搜索著腦中的記憶，別說喜歡，他連水燈是什麼都沒有印象，卻還是心不在焉地說：「應該是吧……那個，亞爾曼？你昨天，不對，你跟伊拉……是不是……」

「那就說定了。」亞爾曼似乎錯過了他的提問，輕巧轉了腳步又回到門邊，他看起來略有倦意，但聲音聽起來精神得很。「晚點我們再來會合吧，你好好休息，艾恒。」

門被關了起來。

艾恒直愣愣地看著門口，許久，才終於回過神來。

「——這他媽什麼情況？」

（待續）

後記

謝謝大家來到這裡！

首先感謝角川的編輯團隊，從邀稿到出版都付出許多努力，感謝繪師若月凜百忙之中願意替我的作品繪製封面 ><

以及感謝雙子賜圖並給予回饋，沒有她的支持與幫助，我肯定無法順利完成這部作品！

這部作品算是很早就有想法了，上集努力寫了很多肉戲，下集會有更多正劇內容，講述的內容比較沉重，但也會充滿希望，所以請大家一起陪著角色們看到最後吧！敬請期待！

如果想看更多我的創作，歡迎在臉書與噗浪持續追蹤「月亮熊」，感謝大家^^

國家圖書館出版品預行編目資料

呼喚你的靈魂 / 月亮熊作 . -- 初版 . -- 臺北市：
臺灣角川股份有限公司 , 2024.03
冊； 公分

ISBN 978-626-378-425-3(上冊：平裝). --
ISBN 978-626-378-426-0(下冊：平裝)

863.57 112019591

呼喚你的靈魂 上

作　　者＊月亮熊
插　　畫＊若月凜

2024年3月27日　初版第1刷發行

發 行 人＊台灣角川股份有限公司
總　　監＊呂慧君
編　　輯＊游雅雯
美術設計＊林慧玟
印　　務＊李明修（主任）、張加恩（主任）、張凱棋

台灣角川

發 行 所＊台灣角川股份有限公司
地　　址＊104台北市中山區松江路223號3樓
電　　話＊（02）2515-3000
傳　　真＊（02）2515-0033
網　　址＊http://www.kadokawa.com.tw
劃撥帳戶＊台灣角川股份有限公司
劃撥帳號＊19487412
法律顧問＊有澤法律事務所
製　　版＊尚騰印刷事業有限公司
I S B N＊978-626-378-425-3